Essa é a vida que você quer ter? Uma vida de solidão por autossabotagem.

Tiago Zoia

Published by Tiago Zoia, 2019.

ESSA É A VIDA QUE VOCÊ QUER TER? UMA VIDA DE SOLIDÃO POR AUTOSSABOTAGEM.

First edition. October 17, 2019.

Copyright © 2019 Tiago Zoia.

ISBN: 979-8201952143

Written by Tiago Zoia.

Also by Tiago Zoia

Essa é a vida que você quer ter? Uma vida de solidão por
autossabotagem.
Pensamentos etéreos materializados em palavras no papel
A Intervenção

Sumário

Este livro é dedicado ao meu filho Eduardo, que com o simples ato de nascer, já me ensinou mais sobre o amor do que todas as minhas experiências vividas.

Ele

Marcos saía do prédio em que morava naquela segunda-feira nublada de São Paulo. Cumprimentou todas as pessoas que viu entre seu apartamento e a portaria. Foi simpático com o casal de senhores no elevador e segurou a porta para que uma mãe com uma criança no carrinho pudesse entrar. Também apertou a mão do segurança na porta do edifício.

Na verdade, não conhecia verdadeiramente nenhuma daquelas pessoas, mas costumava cumprimentar todos aqueles que cruzavam seu caminho. Não podia evitar ser sempre simpático. Tinha uma necessidade inexplicável de que todos enxergassem seu carisma. Seu sorriso era um "slogan" pessoal. Gostava do efeito que ele causava nas pessoas.

Lógico que ninguém consegue ser carismático o tempo todo, mas talvez os momentos de antipatia fossem reservados apenas para si, enquanto mergulhado em pensamentos, ou para algumas pessoas mais íntimas. Estas provavam o seu ocasional rancor porque talvez estivessem mais próximas do que ele gostaria que estivessem. Ainda assim, as demonstrações de desafeto sempre se davam enquanto sozinhos. Nunca aconteciam na frente dos outros.

Marcos era uma pessoa que se rodeava de gente. Gostava de pessoas. Energizava-se com elas. Como vivia na metrópole paulista, era fácil conhecê-las aos montes.

Podia trabalhar de carro, mas não o fazia. Preferia o Metrô lotado, porque gostava de examinar as pessoas. Sem vê-las seu dia ficava vazio e um tanto quanto depressivo. Gostava de analisá-las e descobrir o efeito que causava nelas.

Logicamente, dentre todas as pessoas, eram as mulheres que mais prendiam sua atenção. Com elas, gostava de ser mais que apenas um espectador.

Todas tinham uma forma particular para sufocar o tédio e a morosidade enquanto estavam no transporte público. Às vezes liam, às vezes navegavam em redes sociais no celular ou, às vezes, apenas ouviam músicas em seus fones de ouvido. Tinham também aquelas que andavam em duplas e prestavam atenção nas palavras da amiga, que dissimuladamente aumentava as aventuras do último final de semana com detalhes mentirosos. Seja como for, pareciam distraídas do entorno, porquanto sempre igual e desinteressante, repleto de trabalhadores mal-humorados a caminho do serviço.

O prazer de Marcos era mudar isso. Ele as analisava de longe. Planejava a primeira troca de olhares. Às vezes, previa um leve esbarrão só para poder pedir desculpas. Assim, conseguia que elas desprendessem os olhos da distração e o olhassem por milésimos de segundo. Sim, eram breves olhares que duravam milésimos de segundo. A maioria das mulheres ainda não se permite olhar por muito tempo para um homem. Disfarçavam o olhar de interesse na velocidade do pensamento, quase que por instinto. Ele sabia disso. Portanto, esse breve instante lhe era suficiente. Depois verificava de longe o efeito causado. Reparava se, de fato, o celular, o livro ou a amiga ainda as distraíam. Elas fingiam que sim, mas ele podia notar quando elas tinham os olhos mumificados, pois esvaziados de atenção. Embora olhassem para o mesmo local de antes, nada absorviam. Suas mentes já haviam sido sequestradas.

Marcos sabia quando começavam a se interessar por ele e, mesmo sem fitá-lo, o exploravam com outros sentidos. Como sua manobra já havia sido testada em diversas oportunidades, foi ganhando experiência. Às vezes, ele se colocava em uma posição em que elas pudessem fitá-lo à vontade sem terem seus olhares notados. Permitia-lhes que examinassem sua figura e imaginassem a pessoa que ele poderia ser. Divertia-se ao pensar no que elas poderiam atribuir à sua personalidade, profissão e família. Sim, a imaginação preenche as lacunas com o que mais nos agrada. Marcos, caso tivesse a oportunidade de conhecê-las, tinha o dom de fazer coincidir sua personalidade à expectativa. Lógico que era fingimento, mas o prazer dele era viver esse personagem e assistir o despertar do desejo nos olhos da companheira. Desenvolveu esse poder camaleão após muita prática e agora a interpretação do papel teatral passava despercebido ao olhar das mulheres.

Para ser notado, logicamente Marcos se vestia bem. Não permitia adornos, "piercings" ou tatuagens visíveis, pois não tinha idade para isso e, além disso, não era dessa forma que queria despertar a atenção. Encarava, por exemplo, roupas muito coloridas como uma maneira fácil de ter a atenção para si. Vestia-se de forma pouco chamativa, mas elegante. Comportava-se com maneiras polidas e falava baixo. Seus gestos não eram rápidos e ria com discrição. Seus únicos artifícios para chamar a atenção, como dito, eram seu sorriso e seus olhares.

Curiosamente, ambos tinham mensagens dissonantes. O sorriso de Marcos transparecia alegria e simpatia. Era confortável de ver e, por vezes, convidativo para um início de conversa. Trazia uma sensação de segurança e estimulava as pessoas a se abrirem para ele. Por vezes, falavam de intimidades e segredos e nem se davam conta do porquê faziam isso. Tudo por causa desse sorriso, que nunca censurava ou julgava.

Seus olhos, de outro lado, transpareciam um sentimento diverso. Manifestavam interesse ou, quem sabe, desejo. Eles ardiam e focavam pontos diversos da interlocutora. Lábios, dentes, cabelos e mãos eram revezados nos olhares. Normalmente, estes eram evitados pelas mulheres com quem conversava. Isto porque transmitiam essa impressão de que ele as queria. Algumas moças evitavam o olhar porque o sentimento não era recíproco; outras o faziam porque não queriam se sentir transparentes. Ele notava a diferença entre os dois casos e sabia direcionar a conversa para as duas hipóteses.

Para aquelas que não o queriam, os olhares conseguiam, ao menos, criar lisonja, o que, inevitavelmente, criava-lhes um sentimento de bem-estar. Para as outras, os olhares desejosos de Marcos podiam causar o feitiço de as tornarem vulneráveis e abertas às suas eventuais investidas, que propositalmente tardavam a vir.

Ambos os efeitos o satisfaziam. Nem sempre as queria naquele momento. Apenas o sentimento de bem-estar já lhe era suficiente. Uma mulher fica mais bonita quando enxerga a sua sensualidade estampada nos olhos desejosos de outra pessoa. Esse efeito é viciante. Portanto, Marcos sabia que ela tenderá a repetir a experiência. Gradualmente, passará a provocá-lo só para nutrir sua autoestima novamente. Com o tempo, essa necessidade se transforma em desejo, pois estas mulheres tendem a querer maximizar a noção de sensualidade que exalam.

Marcos saía de casa sempre no mesmo horário rumo à Avenida Paulista. Embarcava na Estação Vila Madalena e seguia pela Linha Verde até a Estação Brigadeiro, local próximo ao banco em que trabalhava. Saía de casa religiosamente no mesmo horário. Isto permitia que se familiarizasse com algumas pessoas que tomavam o transporte diariamente. Ananda era uma delas.

Ananda

Ananda tinha 27 anos. Definitivamente, é uma idade em que a mulher transborda feminilidade e carrega consigo a beleza da juventude, mas já se desenvolveu a ponto de controlar seus ímpetos e descontroles, falando com cadência e voz que estão no meio do caminho entre a empolgação desmedida e o desinteresse completo pelo interlocutor. Ela tinha cabelos loiros com matizes diferentes por todo seu comprimento e que quase alcançavam a cintura. Mesmo saindo cedo de casa para o trabalho, Ananda não se permitia ir com cabelos molhados e desarrumados. Esse era o motivo do seu atraso diário e de sempre andar com passos largos nas plataformas do Metrô. Aqueles cabelos longos recebiam o esmero de um penteado auxiliado pelo secador.

Talvez chegasse mais cedo no serviço se não se maquiasse todas as manhãs. Contudo, tamanho descuido nunca seria percebido em Ananda. Seus olhos sempre estavam levemente pintados, apenas a ponto de torná-los mais evidentes. Fossem claros, talvez não precisassem de realce. Como eram castanhos e mais comuns, demandavam o retoque de um delineador e de cílios levemente curvados para ficarem destacados dentre aquele mar de olhos parecidos que ocupavam as ruas de São Paulo. Melhor assim. Se azuis ou verdes, trariam um toque angelical que destoaria da volúpia que naturalmente emanava, deixando de despertar desejos tão ardentes mesmo em homens que a viam por apenas alguns segundos.

Um desses desejosos era Marcos. Ananda já o tinha visto por diversas vezes. Percebia que ele a fitava e, ocasionalmente, lhe sorria.

Ela, em princípio, pouco se interessava. Mantinha seus olhos grudados no celular, em que rotineira e temerosamente examinava as mensagens eletrônicas de seu chefe, cujo hábito era iniciar suas incessantes demandas ainda na madrugada. Gradualmente, a moça foi percebendo aquele homem com gestos polidos e sorriso elegante.

Com o passar das semanas, ansiava por sua presença. Seu olhar passara a ser o seu termômetro. Se acompanhados de um sorriso, sentia-se como se tivesse acertado na combinação das roupas. Inconscientemente, passou a escolher com mais frequência as peças que a fazia merecer alguns segundos a mais da atenção do rapaz.

Nesta segunda-feira, Ananda chegou à plataforma da Estação Vila Madalena com a habitual pressa. Olhava para os lados despretensiosamente. Ninguém poderia notar, mas o que ela fazia era procurar por uma pessoa específica. Nem sinal dela. O trem chegou e abriu as portas. Ananda embarcou com desapontamento e se posicionou no corredor. Abriu a bolsa e pegou o celular para checar as mensagens eletrônicas tediosos. O sinal sonoro de fechamento das portas já soava quando Marcos embarca apressado no mesmo vagão. Posicionou-se ao lado dela. Ela abaixou a cabeça tentando se mostrar indiferente, mas não pôde disfarçar um sorriso. Sentia que ele a fitava atenciosamente, o que a deixou satisfeita com a roupa que escolhera.

Ananda, como sempre, vestia-se com discrição, mas não pense você que era apenas por força da advocacia, profissão essa que acabara de iniciar. Era de sua personalidade trajar cores neutras, vestindo saias que escondiam inteiramente as coxas, deixando à mostra apenas as panturrilhas torneadas e escurecidas pela meia-calça, que se estendia da cintura até a ponta dos pés calçados em saltos altos pretos. No torso, uma camisa branca que tinha desabotoado apenas o botão mais alto para revelar a gargantilha de ouro que trazia uma pedra minúscula e brilhante. Usava relógio, que, atualmente, mais é um adorno do que em instrumento indispensável, dada a proliferação de dispositivos eletrônicos que estampam os horários sem o risco da imprecisão. Nos dedos das mãos, apenas dois anéis finos e quase imperceptíveis que traziam pedras discretas.

Naquele dia sentia-se particularmente ansiosa. Talvez porque Marcos estivesse mais perto dela do que de costume. Passou a ter medo de que sua respiração descompassada pudesse ser notada.

Sinceramente, ela não sabia o que queria. Talvez desejasse que ele saísse de perto para que pudesse se sentir controlada novamente, ou, o que era provável, o que queria é que ele rompesse o silêncio e conversasse com ela pela primeira vez. De qualquer forma, ele teria que ser rápido. "Ele nunca percebeu que desço na próxima estação?", pensou ela.

Ananda estava mesmo atrasada e, embora não tenha conseguido focar a atenção no celular, já tinha identificado pelo menos três mensagens do seu chefe. Ainda assim, não queria que o trem chegasse rápido à estação. Queria uma oportunidade para que Marcos pudesse iniciar uma conversa.

A vida tem momentos inexplicáveis. Nunca poderemos saber com certeza se a energia dos nossos pensamentos poderão ter consequências externas. Seja coincidência, seja a força do desejo de Ananda, fato é que o trem parou a poucos metros da Estação Consolação, que era o seu local de destino. Nos alto-falantes do Metrô a habitual mensagem: "senhores usuários, paramos para aguardar a movimentação do trem à frente".

Também não se pode dizer se, por coincidência, Marcos resolveu falar justamente naquele minuto. Virando a cabeça para ela, disse:

— Já percebeu que, justamente quando estamos atrasados, o Metrô resolve ter todos os tipos de problema?

— É incrível. Também estou atrasada hoje e queria muito que o trem andasse pelo menos até a próxima estação, mentiu ela.

— Bom, eu não acredito em coincidências. Certamente, há um motivo para estarmos parados aqui. É melhor não irritarmos o destino, disse ele.

Ela não pode evitar a empolgação, lamentando ter perdido a compostura da voz quando disse:

— Eu também não acredito em coincidências!

— Bom, então façamos a vontade do destino, não é mesmo? Meu nome é Marcos, qual é o seu nome?

— Meu nome é Ananda, respondeu ela acanhadamente.

— Lindo nome. Odeio nomes comuns como o meu. Gosto de pensar que as pessoas com nomes originais são menos comuns. Ananda, mal te conheço, mas já gosto de você.

Ela não pôde evitar o sorriso. Então ele disse:

— Com um sorriso desses, Ananda, gosto ainda mais de você.

Silêncio

Já era sexta-feira e nem sinal de Marcos. Ananda chegou a duvidar que dera o nome correto a ele. "Ananda Furtado, não há tantas assim nas redes sociais", pensou ela. "Será que ele entendeu Amanda? Não, não pode ser, pois, disse que meu nome é original e, por isso, sou uma pessoa especial. Ele não diria isso se meu nome fosse Amanda".

Ela não o viu pelo resto da semana. Começava a pensar que ele mudou de serviço ou, pior, que a evitava. "Poxa! Foi só impressão minha ou ele de fato se interessou por mim?", perguntava-se.

Neste meio tempo, tentava não pensar no assunto. Acabara de entrar em um escritório grande. Finalmente era responsável por alguns casos. Essa distração poderia fazê-la esquecer de algum prazo, causando prejuízos aos clientes. Não deixaria isso acontecer. Era competente e responsável. Ademais, sabia ser bonita. Diversos homens a queriam. Não ficaria sozinha. A hipótese de se envolver com um estranho do Metrô era mesmo remota. O melhor era esquecê-lo. "Como se fosse fácil", suspirou.

Talvez não estivesse acostumada com a rejeição. Sim, na imensa maioria das vezes eram os homens que gaguejavam ao falar com ela. Dessa vez foi diferente. Pareceu desconcertada naquela segunda-feira. Não sabia o que era. Talvez fossem os olhos dele, que pareciam penetrá-la e ler seus segredos, seus gostos e seus medos. Aquele olhar também era notado na sua foto de perfil das redes sociais. Sim, ela já o havia encontrado na "internet", embora existissem outros 30 com o sobrenome Ricci.

Seu perfil na rede social dizia muito pouco. Apenas o nome e a foto. Era privado. Não era ali que ela poderia descobrir mais sobre aquele rapaz. Apenas via os já conhecidos cabelos curtos castanhos, o olhar penetrante, o sorriso convidativo de dentes brancos e emoldurados por um lábio fino. Diferentemente da segunda-feira, tinha a barba por fazer. Provavelmente, estava de férias no momento da fotografia. Não obstante, a barba era ainda baixa para revelar o detalhe que não saia da cabeça de Ananda: aquela pequena covinha que apenas transparecia do lado esquerdo ao sorrir. "Droga, preciso me concentrar no trabalho", pensou ela, despertando-se da lembrança.

Eram duas e quarenta e cinco da tarde quando seu celular vibrou na mesa. Ananda reconheceu o logotipo da rede social na tela. Era uma solicitação para ser seguida. Estava em meio a uma reunião, mas não pôde evitar. Olhou instintivamente o remetente. Finalmente, Marcos a achou e agora lhe enviava uma solicitação para se juntar aos mais de mil seguidores da moça. "Agora ele que espere por horas", disse ela a si mesma, sentindo-se vingada pelo desaparecimento.

Quinze minutos depois Ananda concluiu que ele já havia esperado e sofrido o bastante pelo seu pecado.

Novo silêncio.

Apenas no dia seguinte recebeu uma mensagem com uma única palavra de três letras que lhe causou um arrepio de ansiedade. Lia-se "olá" na tela do celular. Quem visse o seu sorriso naquele momento poderia notar que ela estava apaixonada.

Garimpando na internet

Logicamente, Marcos havia encontrado Ananda nas redes sociais poucos momentos após a conversa que tiveram na segunda-feira. Entretanto, ele não precisava encaminhar uma solicitação de amizade para estudá-la. Ananda tinha um perfil público e dava acesso livre à sua vida.

Marcos viu fotos, postagens, hábitos de consumo e locais que ela frequentava. Ele não era uma pessoa mal intencionada, mas chegou a temer por ela dada a sua exposição.

Contudo, ele sabia que não era o perfil de Ananda que ele consultava. O que via era a pessoa que Ananda gostaria de ser. Ora, as redes sociais nada mais são do que uma grande *vitrine* de um "eu" fabricado. Nela expomos um alter-ego idealizado. Lá somos uma pessoa reformada, com tapumes nas partes ainda em construção. Deixamos no porão pouco iluminado aquelas características inatas desagradáveis e que afastariam pessoas interessantes. Iluminamos e evidenciamos qualidades que ainda nem temos. Tudo em troca de *likes*, que são quase como um termômetro de adequação social.

Cultivamos o inexistente e escondemos o que nos faz humanos. Semeamos um mundo de mentira que só existe nas telas do celular, tardando em revelar as verdades da personalidade, gerando desapontamentos e expectativas infundadas em amigos e namorados.

O pior de tudo é que, por fim, acreditamos que somos aquela pessoa projetada e nos negamos a acreditar que um dia seremos desmascarados. Modificamos fotos sem qualquer pudor e acabamos por preferir a pessoa que sorri na imagem do perfil àquela que nos olha com desapontamento do espelho.

Apaixonamo-nos por nós mesmos, mas um "nós" reparado, potencializado e longínquo da realidade. Projetamos imagens de sensualidade, de engajamento político, de aventuras, de sofisticação e de dedicação familiar. Às vezes, a verdade está longe disso. No *Facebook*, por exemplo, pais ausentes parecem ser os melhores amigos de seus filhos. Corridas de 100 metros no parque são registradas como se fossem maratonas. Estudantes de cursos pré-vestibular retratam momentos de estudos que, às vezes, não passavam de cinco minutos. Mais tempo se perde arrumando os livros na mesa para a foto ideal do que na apropriação do conteúdo deles.

Apenas o instante é registrado pela câmera do celular. Enxergamos unicamente aqueles momentos selecionados para serem exibidos. Quando olhamos o perfil de outra pessoa, nosso cérebro assume que uma foto é quase como um *print screen* de um filme. O vácuo temporal entre uma foto e outra parece estar preenchido por momentos idênticos.

Contudo, a vida real é muito menos interessante. Tem daqueles domingos tediosos e tristes, preenchidos por filmes repetidos e maratonas de séries em televisão por demanda. Tem festas para as quais não fomos convidados. Vergonhas passadas em eventos sociais. Reuniões com amigos em que parecemos desinteressantes ou, até mesmo, invisíveis.

A vida real traz amores não correspondidos, medos, inseguranças e uma infinidade de desgostos. Perceba que a vida tridimensional não é tão interessante quanto à nossa dos aparelhos eletrônicos. Então, acabamos preferindo nosso alter-ego digital e renegamos quem somos de verdade.

Marcos sabia de tudo isso. Sabia que o jeito mais fácil de se alcançar a atenção de uma pessoa era dar a entender que a imagem vendida correspondia exatamente à verdade. No final, somos todos egoístas e vaidosos. Acabamos nos interessando por aqueles que inflam nosso ego. Quanto mais vaidosos, mais suscetíveis estamos a essa forma manipulação.

Ananda era realmente vaidosa. Expunha seu corpo e sua aparência. Vendia sensualidade e beleza. Fotos meticulosamente modificadas escondiam imperfeições na pele e no corpo. Seus perfis virtuais traziam frases copiadas de sites socialmente engajados, fazendo-a aparentar estar preocupada com questões sociais, como se o interesse pela advocacia tivesse nascido da vontade de fazer justiça social. Também tinham frases positivas tiradas despudoradamente de *best sellers* de autoajuda. Estas davam a impressão de um amor-próprio inabalável.

As suas fotos tinham um tema principal: ela mesma. Até quando tinha o falso intento de mostrar uma linda paisagem ou um pôr-do-sol, podia-se ver sua imagem ao canto em poses falsamente descontraídas.

Os retratos eram sempre de corpo inteiro. Não podia ser diferente, já que se orgulhava dos músculos arduamente trabalhados com pesos e *whey protein*. Ora, por que viver na monotonia de uma academia, contando até doze em exercícios tediosos se, mais tarde, não se pode exibir o resultado para os outros?

Os momentos de exercício também eram registrados. Nestas fotos aparecia nos espelhos da academia com roupas apertadas, tênis coloridos, cabelos presos, fones de ouvido e segurando garrafas d'água. Era o único momento em que se permitia aparecer suada e despenteada, mas isto não era obra do acaso ou de descuido. As fotos seguiam padrões da moda e sempre tinham legendas que remetiam à ideia do *no pain, no gain*.

Outras fotos, no entanto, tinham propósito diverso. Mostravam uma mulher bem produzida e elegante, fazendo o papel de advogada bem-sucedida. Maquiagem discreta e roupas caras. Expressão de poucos amigos, que era forçada para passar ares de seriedade. Era como se, vestida para a profissão, perdesse o bom humor e só pensasse em ganhar casos.

Para Marcos, parecia óbvio que ela gostaria de ser apreciada mais por sua imagem e menos pelos lugares e experiências que teve. Supôs que estes não fossem tantos assim.

Ele já havia traçado um plano de voo. Suas conversas seriam simples, pois teriam somente ela como foco. Ele se reduziria a um ouvinte obstinado, livrando-o do trabalho de pensar sempre em coisas inteligentes para dizer. Olharia sempre nos seus olhos e sorriria em aprovação para tudo que ela dissesse. Faria elogios. Evidenciaria que todos a olhavam e que se sentia orgulhoso de ter uma pessoa tão bonita em sua companhia. Não teria medo de compará-la a um troféu.

A pesquisa digital deixou a conquista fácil e Marcos sentia certo desapontamento ao saber tanto. Não havia espaço para o mistério e para novas descobertas. Embora ainda tivesse interesse pela moça, sabia que seria um caso efêmero e pouco marcante. Marcos não buscava mais uma mulher bela para sua coleção particular de conquistas. Na verdade, não sabia ainda o que buscava. Sabia apenas que já sentia a desmotivação e a habitual inquietação no espírito.

Conversas

As mensagens se desenvolveram com o passar do tempo e ficaram mais frequentes. Conversavam diariamente e, às vezes, até tarde da noite. Passaram também a se telefonar. Saboreavam o timbre da voz um do outro. Marcos se mostrava muito interessado por ela, o que dava conforto e segurança à moça para que falasse de si.

Ele, de fato, a desejava. Apreciava a sua beleza. Embora sua conversa não o seduzisse, gostava de observar sua cadência e os artifícios de sedução que utilizava. A voz doce e a fala pausada, que não deixava transparecer o nervosismo. As risadas sensuais aprimoradas ao longo dos anos. Intencionalmente, mostrava-se seduzido para satisfazê-la, embora seu *modus operandi* não tivesse nenhuma originalidade.

Contudo, Marcos deliciava-se mesmo era com as suposições que a mulher fazia sobre ele. Como falava pouco de si, acabou dando espaço para que Ananda preenchesse as lacunas de informação com desejos próprios. Gradualmente, foi ficando perceptível a imagem de homem que ela construiu de Marcos. Quando ele captava a projeção, esforçava-se para correspondê-la.

Talvez porque trabalhasse em um escritório de advocacia, Ananda desejava um homem distinto, elegante, por vezes sério e bem-vestido. Gostaria que entendesse de artes e vinhos. Que suas diversões ultrapassassem o lugar-comum das noites paulistanas, podendo achar prazer também em exposições de arte ou concertos musicais. Ela pouco sabia sobre essas coisas, mas desejava inconscientemente ser ensinada. Trazia no íntimo uma admiração cega por seu pai, um advogado bem-sucedido que muito lhe ensinou e sabia conversar sobre qualquer assunto.

Marcos, atento aos sinais, começou a usar vocabulário mais específico. Linguagem rebuscada, mas sem pedantismo. Nas conversas, inseria informações imperceptíveis que entravam no ouvido e tocavam a alma de Ananda.

A imagem que projetava também tinha mensagens subliminares. Era comum que Marcos encaminhasse fotos suas em que eram vistas taças de vinho ou livros ao fundo. Quando falava de gosto musical, misturava sugestões diametralmente opostas. Falava de músicas contemporâneas para não parecer mais velho do que realmente era, mas também deixava transparecer gostos musicais que imprimiam um ar de sofisticação, tais como bossa nova e *jazz*.

Ele era verdadeiro. Gostava de tudo que dizia. Marcos tinha o espírito flexível e podia mesmo gostar de tudo e de todos. Vez que eclético, tinha mesmo o poder de conversar sobre qualquer assunto. Portanto, não se deve enxergá-lo como um charlatão, assumindo postura falsa para impressionar o interlocutor. Na verdade, era um espírito profundo e erudito, mas discreto a ponto de revelar apenas os elementos e sabedoria que faziam o ouvinte não se sentir diminuído ou encabulado. Ele era um exímio leitor de olhos e almas, trazendo conforto para a conversa.

Ananda acabou por acreditar que conhecera um homem à sua altura. Não que esperasse que Marcos não tivesse defeitos ainda desconhecidos por ela, mas estava disposta a aceitá-los, já que as qualidades que mais admirava estavam presentes naquele estranho que encontrou no Metrô. Passou a nutrir o ímpeto de se esforçar para não perdê-lo. De não deixar o interesse dele se esvair.

Marcos, de seu lado, tinha poucas expectativas sobre a moça. Ainda tinha aquele desejo instintivo e masculino. Sua aparência o excitava, mas não enxergava que seu interesse por ela seria mais duradouro que os habituais nove ou dez meses. Não havia incógnitas na sua personalidade, que era rasa e trivial. Poucos encontros seriam suficientes para que a alma, os segredos e os desejos de Ananda fossem desvendados, inventariados, explorados e exauridos.

Restaurante

Marcos escolheu minuciosamente o local do primeiro encontro. Tinham se conhecido em um local turbulento. O Metrô tinha conversas demais, pessoas demais, estresse demais. Precisavam agora de um lugar calmo e vazio. Ao invés de ruídos altos e indistintos, precisavam de música suave e calma. Precisavam se ver. Portanto, nada de lugares escuros ou com luzes piscantes.

Era a primeira vez que se encontravam, então precisavam quebrar o incômodo da falta de intimidade. Uma bebida, então, poderia ajudar a ludibriar a timidez. Ademais, os copos ocupariam suas mãos, provavelmente nervosas e à procura de um objeto de apoio psicológico, tal como uma caneta para um palestrante nervoso.

Como ambos trabalhavam na Avenida Paulista, Marcos sugeriu um restaurante nas redondezas. Atendia aos seus critérios, porquanto tranquilo e embalado por uma MPB contemporânea e cantada em vozes quase sempre femininas. O lugar não tinha luz ofuscante. Também não permitia a penumbra. As lâmpadas em pêndulos sobre as mesas eram imperceptíveis aos olhos, mas iluminavam os pratos como se fossem dedicadas unicamente à refeição. Eram perfeitas, porque não criavam sombras e não distorciam o rosto dos clientes.

Marcos conhecia muito bem o lugar. Estivera lá diversas vezes com outras mulheres. Todas tinham um perfil próximo ao de Ananda. Já não precisava abrir o cardápio ou a carta de vinhos. Sabia o que sugerir às moças. Antevia o que beberiam.

Como um ator que apresentaria pela enésima vez uma peça de sucesso, Marcos repassava seus passos antes de sair para o encontro.

Era um roteiro que tinha espaço para improvisações, é lógico, mas elas raramente eram necessárias. Ele ainda não sabia, mas era por elas que ansiava. Odiava o previsível e somente o fato de conseguir planejar a noite inteira já o deixava com preguiça de sair do trabalho e ir ao encontro. Quase preferia seu sofá confortável e o livro recém-descoberto, cuja estória lhe causava mais interesse do que o romance que estava por vir.

Marcos Ricci pode aparentar promiscuidade, mas o que buscava era um motivo para acabar com sua inquietação. Queria ter intimidade e legítimo interesse por alguém. Não era dado a ter relacionamentos simultâneos. Talvez estes se sobrepusessem só no ocaso de uma relação e no alvorecer de outra. Assim acontecia porque também não conseguia dar um fim brusco e frio a um relacionamento. Findava-o com sensibilidade. Tinha consideração com as pessoas que saía e tentava deixar o término indolor, mas sempre fracassava no propósito. Acabava por alimentar esperanças infundadas nas mulheres, que passavam a direcionar toda a sua energia em reverter o lento e crescente desinteresse de Marcos, até que, por fim, sentiam-se desgostosas com a situação e se tornavam agressivas. O amor-próprio destas moças sumia e acabavam em estado de depressão e vingativas.

Marcos, como dito, não era mal-intencionado. Talvez sua honradez fosse legítima. Por isso as mulheres esperavam muito dele e se machucavam com tamanha intensidade. Ele era honesto no seu propósito. Buscava mesmo um par. Uma mulher que o livrasse do calculismo e da necessidade de conquista. Que lhe trouxesse conforto na rotina. Não sabia dizer porque em certo momento — lá pelos oito ou dez meses de relacionamento — suas namoradas se tornavam desinteressantes, controladoras e, às vezes, até tediosas. Embora não nutrisse muitas esperanças, ele queria que Ananda o surpreendesse. Que o fizesse improvisar e sair daquele roteiro predeterminado de encontros automatizados. Queria adrenalina e imprevisão.

A preparação

Ananda não conseguia parar de olhar para o relógio. O convite de Marcos era para um jantar em uma quinta-feira. Ela não sabia se ele a levaria para seu apartamento após o jantar. Em todo caso, ela também não tinha decidido se iria, mas achou melhor estar pronta.

Quinta-feira à noite lhe pareceu uma escolha diferente e foi atribuída à maturidade de Marcos. Não era como o sábado, que tem lugares cheios de irresponsáveis que beberiam até o sol nascer no domingo. Também não era como as sextas-feiras, tão estigmatizadas por "happy hours" com profissionais com gravatas frouxas reclamando do chefe ou praguejando os funcionários recém-promovidos. Quintas-feiras pertenciam àqueles que tinham a vida resolvida. Àqueles que podiam acordar mais tarde na sexta-feira. Eram para pessoas que fugiam da bagunça de jovens desvairados ou dos gritos de mães estressadas com as crianças em almoços de domingo. Nessas noites normalmente tomava-se vinho e não cervejas geladas ou uísque com energético. Os restaurantes não têm filas de espera às quintas-feiras.

Sim, a noite era perfeita, mas, para Ananda, exigia adequações. Não morava sozinha como Marcos. Caso passasse a noite fora de casa, precisaria pensar em desculpas para tanto. Além disso, tinha aula na pós-graduação às quintas-feiras após o trabalho e, justamente naquele dia, faria uma atividade importante. Resolveu sacrificar seu desempenho acadêmico para poder encontrá-lo, pois temia que o convite não se repetisse tão cedo. O encontro em um dia útil também lhe causou problemas porque não teria tempo para ir para casa se arrumar antes do jantar. Iria direto do trabalho para o restaurante.

Como poderia parecer mais arrumada do que normalmente estava no Metrô nas manhãs? Como isso seria possível mesmo após um dia típico de trabalho?

Ananda desejava um banho porque, como dito, não negava completamente a ideia de acompanhá-lo após o jantar. A solução foi levar uma mochila de academia ao escritório. Nela, apetrechos femininos que tornam as mulheres deslumbrantes e irresistíveis aos pobres e mortais homens. Trazia consigo maquiagens, alisador de cabelos e outras dezenas de instrumentos que a eles poderiam parecer equipamentos medievais de tortura, tal como curvadores de cílios. Também havia incontáveis cremes, que tanto hidratavam como perfumavam a pele. Por fim, ela teve o cuidado de levar "lingeries" limpas e provocantes.

Ananda levantou suspeitas aos colegas do escritório, mas não se deu ao trabalho de explicar a produção do visual no final do expediente. Seus olhos caprichosamente maquiados com sombras mais escuras evidenciavam a importância da noite. Ao andar pelas divisões baixas dos cubículos do escritório, o toque-toque dos seus saltos despertou mais olhares masculinos do que o habitual. Não eram apenas os mesmos olhos dos mal casados e divorciados de sempre que a fitavam. Também a focavam os olhos dos atarefados e apressados, que perderam segundos preciosos de serviço ao verem aquela loira jovem e estonteante rebolando discretamente por entre as mesas.

Quando chegou ao átrio, sentiu a pressa de alguns homens que literalmente correram para entrar no mesmo elevador que ela. Teve a impressão de que os presentes acabaram por disputar quem seguraria a porta do elevador para que ela saísse primeiro. Atravessou o saguão do prédio causando torcicolos nos pescoços masculinos e dores em cotovelos femininos. Esperou o táxi na calçada sob o olhar atento de transeuntes. Quando o carro chegou e o motorista a viu, este congratulou-se pela profissão escolhida. Já pensava na estória que contaria aos amigos, jurando-lhes que aquela bela mulher havia lhe dado sinais de interesse.

Sejamos francos: uma mulher segura de sua aparência fica ainda mais sensual. Toda a admiração despertada desde então deixou Ananda confiante com sua aparência, o que a tornaria quase irresistível ao rapaz que a aguardava na frente do restaurante e não pôde conter um sorriso de satisfação ao vê-la descer do carro.

O jantar

Ambos eram seguros em encontros assim, mas estavam estranhamente nervosos. Talvez Marcos não pensasse ser surpreendido pela aparência da moça. Ananda talvez tenha se assustado ao perceber o quanto queria que ele gostasse dela. Fato é que os trinta primeiros minutos foram nervosos e artificiais. As conversas eram rasas e não embalavam. Interrompiam-se sem querer. Suas falas e palavras não dançavam a mesma música. Pareciam dançarinos afoitos pisando um nos pés do outro. Às vezes, surgia o silêncio incômodo. Olhavam-se tímida e nervosamente, pensando que a noite talvez demorasse a passar. Chegaram secretamente a preferir o ambiente apertado e barulhento do Metrô, pois não sabiam o que fazer com tamanho silêncio e espaço.

Talvez a situação só tenha melhorado quando o álcool do vinho tinto alcançou a corrente sanguínea de ambos. Enfim, relaxaram. Sorriam e admiravam-se mais. Marcos voltou a sentir o conforto de estar no controle da situação, pois reconheceu em que parte de seu roteiro estavam. Tudo andaria como de costume, embora com a retomada da confiança do rapaz tenha vindo também uma ligeira perda de interesse. Ananda foi atingida de outra forma pela bebida. Começou a sentir euforia, que ficou mal disfarçada em momentos em que sua voz ficava mais aguda de excitação ou riso.

Marcos era encantador. Tinha a habilidade de ser engraçado sem se prestar a fazer caretas, imitações ou gracejos idiotas. Fazia-a rir sem esforço e sem perder a serenidade da voz. Falava pouco de si. Era misterioso, mas trazia conforto à conversa. Abria a boca só para perguntar da vida dela ou para encorajar que ela continuasse falando.

Ananda discursava com naturalidade e sem freios morais. Viu-se dotada de uma espontaneidade incomum nos seus primeiros encontros. Falava de sonhos e medos. Esperanças e desafios. Do futuro e do passado. Parecia hipnotizada.

Não era para menos. Ele ficava irresistivelmente charmoso com uma taça de vinho na mão. Segurava-a com a mão esquerda e quando a erguia para degustar a bebida tinha suas mangas do blazer e camisa deslizando pelos punhos, revelando um relógio analógico de poucas cores. Seu cabelo estava arrumado, mas não parecia ter preocupação em estar com o corte da moda. Parecia usar um antiquado gel de cabelos, que estava na contramão da tendência das pomadas e ceras que impregnavam os penteados masculinos de então. Parecia também não ser adepto da academia. Passaria despercebido em uma casa noturna ou em um shopping center. Embora não fosse feio, definitivamente não era bonito. Seu talento era fazer com que a interlocutora se sentisse a mais bonita das mulheres. Ananda se sentia como se fosse a única mulher do restaurante, pois os olhares dele estavam sempre nela. Sentiu-se especial, ainda mais porque estes olhares não miravam seu decote. Já eram incontáveis os homens que o olharam ao passarem pela mesa. Apenas Marcos parecia não notá-lo. Parecia se importar mais com o seu sorriso.

Era a primeira vez que Ananda sentia ter sido descoberta por sua inteligência e bom humor. A sensação era a de que o interesse de Marcos permaneceria ainda que ela vestisse um escafandro. Ilogicamente, nunca se sentiu tão sexy em toda sua vida. Marcos parecia ter-lhe captado os pensamentos, pois lhe disse:

— Ananda, desculpe interrompê-la no meio da sua estória, mas preciso lhe dizer que talvez eu nunca tenha saído com uma mulher tão atraente como você. Todos os homens deste restaurante agora me invejam e me odeiam.

Ela sentiu seu coração acelerar e a boca secar. Precisou de mais um gole de vinho. Quase não conseguiu engoli-lo porque não parava de sorrir. Aos outros parecia que a moça tinha dormido com um cabide dentro da boca. Ela esqueceu completamente do que falava. Ficou imóvel e sem palavras. Sentiu suas bochechas esquentarem. Acabou, por fim, rompendo o silêncio pedindo licença para fazer uma ligação. Telefonaria para a sua casa, dizendo aos pais que dormiria na casa de uma amiga.

Convidando-se

Já estavam terminando a sobremesa quando Ananda disse que a noite tinha passado muito rápido e lamentava estar acabando. Marcos pôde sentir o frio na barriga característico. Interpretou a frase como uma abertura para um convite para que a noite se estendesse. A proposta saiu da boca dele e ela a aceitou sem titubear. Ela já havia enfrentado o dilema moral interno e estava decidida. Definitivamente, não estava diante de um homem que se gabaria com os amigos por levar para o apartamento uma mulher com quem saíra apenas uma vez.

Enquanto estavam no táxi indo para o apartamento de Marcos, ela o analisou e concluiu que, ao ir para sua casa, passaria a impressão de maturidade e independência, provando ter liberdade suficiente para não ter que voltar para casa "sem ter que inventar desculpas". Isso poderia incentivá-lo, talvez, a lhe fazer convites mais significativos, tal como uma viagem. Sim, ela planejava o futuro. Ele impressionara significativamente a moça, que se esforçaria para deixá-lo extremamente atraído. Se lá, no restaurante, tinha-o prendido por sua inteligência e bom humor, na casa dele, a sós, o conquistaria por sua sensualidade. Mostrar-lhe-ia que, tendo-a, não precisaria de mais mulheres no mundo para satisfazê-lo. Ela bastaria. Marcos nunca mais desejaria outra mulher.

Do outro lado, é complexo dizer o que Marcos sentia. Sim, ele estava mesmo extasiado com a presença de Ananda. Desejava-a ardentemente. Queria-a naquele resto de noite sem roupas e totalmente exposta. Seus sinais corporais eram claros. Sentia uma urgência interna que soava como uma sirene de ambulância, exigindo que os obstáculos do caminho se afastassem para que seu desejo pudesse passar livremente e ser saciado. Isso era inato nele. Era animalesco. Era quase que incontrolável.

Racionalmente, no entanto, não desejava aquilo. Já vira aquele filme. Ele podia prever o que aconteceria no resto da noite. Seus pensamentos, porém, iam além do sexo. Sabia que, por sentir a previsibilidade do encontro, seu interesse por ela provavelmente se esvaziaria depois que se satisfizesse sexualmente. Sentia quase que uma decepção antecipada. Sabia que o que sentia naquele momento era a manifestação de uma força da natureza. Era irracional. Marcos, naquele momento, era quase como um cão que escala um portão de dois metros de altura e foge de casa apenas para ir atrás de uma fêmea no cio. Era um instinto de procriação cego, quase como um grito gutural da lei da vida, que imprime força aos machos de toda espécie para que mantenham a espécie. Aquela conquista no restaurante, embora mais elaborada, não era muito diferente de um inflar de penas de um pássaro tentando impressionar uma fêmea.

Marcos procurava algo além daquilo, embora não tivesse esse desejo bem delineado em seus pensamentos. Procurava um interesse duradouro. Um relacionamento perene. Havia enjoado de ir ao mesmo restaurante. Tinha cansado de procurar mulheres. Estava exausto de ter que inventar desculpas para não magoar suas namoradas, escondendo o crescente desinteresse.

Fosse lá o que esse homem sentisse, é claro que passou sem ser notado pela moça, pois, ao descerem do táxi, a única coisa que Ananda sentia era o desejo ardente de Marcos e a própria circulação sanguínea descontrolada pulsando na veia de sua garganta.

Executando o roteiro

Quando entraram no apartamento, Ananda pôde sentir a decoração masculina do ambiente. Poucas cores. Na meia-luz de dois abajures que foram acesos, notou apenas o preto, o branco, o cinza e o marrom. O local era espaçoso, bonito e limpo, mas não pôde deixar de pensar que, se morasse ali, deixaria-o mais colorido e habitável.

Marcos foi à cozinha, que era separada da sala apenas por uma bancada à altura de sua cintura. Ela pôde vê-lo abrir a adega. Ergueu uma garrafa de vinho para ler seu rótulo. Sacou a rolha e serviu duas taças sem qualquer melindre dos enófilos. Apenas pegou as duas taças habilidosamente com a mão direita, trazendo na esquerda a garrafa recém-aberta, sugerindo que seu conteúdo seria inteiramente consumido.

Ananda estava sentada em seu sofá. Não enxergava televisão por ali, não entendendo porque o sofá, então, era tão confortável. Chegou a pensar que, depois do dia extenuante de trabalho que teve, podia dormir ali sem, ao menos, se dar o trabalho de trocar de roupa. Bom, isso se conseguisse sentir sono.

Marcos chegou perto dela. Deu-lhe a mão e a fez levantar. Deu-lhe uma taça cheia e brindaram. Olhos nos olhos. Ananda sentia que seria beijada. O momento era perfeito, mas nada aconteceu. Ela quase tomou a iniciativa, mas se deteve. Sem deixar de fitá-la por sequer um segundo, Marcos colocou-lhe uma mecha de cabelo atrás da orelha. Sorriu ao ver seu brinco. Aproximou sua boca dele, quase parecendo que ia removê-lo com os dentes. Ela pôde sentir sua respiração. O ar das narinas de Marcos resvalavam docemente no lóbulo de sua orelha. Ouvia o ar passando por suas narinas. Também ouviu uma voz macia e baixa que lhe dizia ser linda. Marcos a beijou na orelha, revezando entre um passar de língua e mordiscadas leves.

Caminhou para trás da moça. Encostou seu corpo no seu. Agora os dedos dele afastavam seus cabelos e não revelavam apenas sua orelha, mas sim seu pescoço inteiro. Ela não podia vê-lo, mas podia sentir o percorrer da ponta de sua língua subindo ao longo de sua nuca.

Não havia música. Havia apenas o silêncio entrecortado por sons de roupas se encostando, respirações descompassadas e estalos baixos dos beijos sutis que Marcos lhe dava no pescoço.

As mãos dele começaram a deslizar pelo corpo da moça, que sentiu estar sendo lentamente despida. Peça por peça, as roupas de Ananda começaram a cair no chão. Quando se deu conta, estava completamente nua. Sentiu-se vulnerável e exposta, pois ele ainda estava vestido. Ele caminhou até que pudesse vê-la de frente. Contemplou-a com um sorriso no rosto. Ananda sentiu orgulho de si. Congratulou-se pelo esforço de evitar doces e comer somente folhas.

Marcos, enquanto a olhava, encostou a ponta dos dedos em sua barriga. Estes deslizavam e rodeavam o umbigo da moça, que se arrepiava dos pés à cabeça. Seu toque era respeitoso. Ela estava totalmente despida e ele não tinha pressa em explorá-la. Ananda sentiu que precisaria despi-lo, pois ele não faria isso sozinho. Tirou seu blazer e jogou no largo sofá aveludado. Meticulosamente, abriu botão por botão de sua camisa, que foi apenas aberta para que ela pudesse passar as mãos em seu peito e barriga. Estas desceram até a cintura dele e abriram o cinto e o botão da calça. O zíper foi aberto lentamente e aquela mão de unhas feitas entrou por dentro da calça daquele estranho do metrô. Ela confirmou que Marcos realmente lhe desejava. Sim, ela tinha avançado mais que ele, mas não se arrependia. Seu corpo pedia isso. Sentia ter mais pressa do que ele.

A loucura de tudo isso é que ela ainda não havia sido beijada na boca. Essa alteração da ordem natural das coisas tornava Marcos singular. Ele se aproximou. O primeiro toque foi de suas barrigas. Logo após, Ananda sentiu os dedos de Marcos entrelaçarem seus cabelos loiros. A boca dele encostou primeiro em seu lábio inferior. Sua língua separou os lábios da moça e adentrou sua boca. Ela sentiu o gosto do vinho seco na língua que a explorava.

O beijo, que começou lento e suave, agora tomava ares de desespero e urgência. Ao contrário da suavidade com que vinha lhe tocando, Marcos a agarrou com força e a levantou. As pernas de Ananda o entrelaçaram. Assim caminharam até o sofá. Ela se deitou e sentiu o toque suave do veludo nas costas nuas. Ele se ajoelhou na sua frente e abriu suas pernas, que agora repousavam no ombro do rapaz. Sem tirar os olhos de Marcos, Ananda pôde sentir a língua dele tingida de vinho tinto explorando um novo lugar.

O sofá

Enquanto acordava naquela sexta-feira no sofá de Marcos, Ananda se sentia surpresa. Ela não estava acostumada a ser cortejada da maneira como foi.

Ela entrou naquele apartamento disposta a dar prazer a Marcos. Todavia, terminou sem qualquer controle da situação. Foi ela quem foi seduzida.

Dizem que toda atitude humana tem, em algum nível, a ver com sexo. Apenas o sexo em si é diferente, porque este tem a ver unicamente com poder. Se isso é verdade, definitivamente, Ananda não tinha nenhum poder sobre ele.

Ela não teve muitos homens em sua vida, mas os que teve tinham fetiches parecidos. Gostavam de mulheres sexualmente submissas e que atendessem a todos os seus desejos, por mais esquisitos que fossem. Ela tinha que se colocar em posições humilhantes e ainda fingir caras de desejo para que o rapaz não se sentisse culpado ou envergonhado por manifestar vontades tão absurdas.

Não bastavam respirações fortes, ela tinha que soltar sucessivos gemidos, embora estivesse em posições pouco agradáveis. Os gemidos quase se tornavam verdadeiros, pois passava a sentir dor, não desejo. Quanto mais altos fossem, mais envaideciam o pobre homem que não percebia estar sendo descaradamente manipulado.

Ananda estava disposta a ser essa mulher na noite anterior. Gostaria de proporcionar uma noite de realizações sexuais para Marcos para que este nem cogitasse esquecê-la. Queria se tornar uma necessidade ou um vício a ele. Seria uma mulher que diria sim a tudo. Absolutamente tudo.

Contrariamente aos seus planos, nada foi pedido. Foi ela a atendida em todos os seus desejos e estes não precisavam ser, ao menos, mencionados. A noite foi dedicada para o seu prazer. Unicamente ao seu prazer.

Naquela sexta-feira era ela a viciada e Marcos o ópio. Saiu atrasada para o trabalho do apartamento dele e apenas com um café puro no estômago. Sabia que não se concentraria no serviço. Sabia também que, assim que colocasse os pés no escritório, seu sorriso incontrolável revelaria a todos que teve uma noite inesquecível. A prova disso seria voltar ao trabalho com a mesma roupa com que saíra na noite anterior.

Verdade

Marcos não apostava que a moça pudesse lhe atrair por muitos dias. No entanto, algo aconteceu. O sorriso doce e o jeito cativante de Ananda acabaram por deixá-lo interessado por muito mais tempo.

Definitivamente, não era o sexo. Este não diferiu daqueles que tivera com outras mulheres. O que o segurou naqueles meses foi a alegria que ela transparecia. Era contagiante. A empolgação que ela tinha por tê-lo consigo era a melhor recompensa que Marcos poderia ter. O desejo de Ananda de fazê-lo feliz aumentou a autoestima do rapaz.

Na vida real, ela apresentava uma meninice e um jeito travesso que destoava daquela impressão que tentava passar nas redes sociais. No Facebook ela se esforçava para ser o que não era. Buscava transparecer sensualidade de mulher e seriedade profissional que não lhe eram naturais. Na vida real, Ananda tinha a inocência e o carinho de uma menina grande, o que a Marcos era muito mais atraente, pois autêntico.

Ele era da opinião de que a sensualidade tem várias formas. É na originalidade e espontaneidade que ela é encontrada. Todos aqueles que buscam tê-la pela imitação acabam se guiando na direção oposta.

Não há nada mais lastimável do que um tímido que "decide" não ser mais tímido. O esforço passa artificialidade e seu charme é completamente perdido. Aliás, está aí a chave. Sensualidade não exige esforços. Ela simplesmente é. Simplesmente existe. Ela é atributo da personalidade. Embora possa ser aperfeiçoada, ela não pode ser encontrada onde não existe. Mulheres sensuais na posição de chefes assim o são porque têm personalidade condizente com essa autoridade e força. A mesma mulher, caso queira parecer submissa a um homem, não inspirará desejo, mas sim desconfiança.

No reverso, existem aquelas que inspiram ternura, e não medo. É sendo amorosas e companheiras que se tornam desejáveis. Quando enrijecem a voz para parecerem autoritárias não convencem e nem intimidam, podendo gerar risos contidos na pessoa alvo das broncas.

A sensualidade exige combinação com os traços da personalidade. Caso contrário, parecem belos quadros que ficam desvalorizados por uma moldura pobre.

Não existe ser humano sem sensualidade. Ela existe em todos os perfis. Pode ser encontrada em um discurso apaixonado e coerente de um cientista estudioso, como também pode ser encontrada nos cabelos longos e nos jeans rasgados de um guitarrista. Basta a cada um descobrir a sua. O segredo é respeitar a própria essência. Os introspectivos não a acharão na exposição desmedida. Os performáticos não a encontrarão no isolamento e retidão.

Cada um tem seu talento, lugar e tempo na vida dos outros. O natural "cafajeste" é atrativo em um momento na vida das mulheres e repulsivo em outros. Em certo momento, passam elas a buscar o rapaz responsável e bom, que era zombado pelos amigos na juventude por sua virgindade.

Os conquistadores por natureza têm que se contentar que seu momento está na juventude, quando o seu jeito inconsequente e livre é um chamariz no final da adolescência e início da vida adulta. Muitos deles morrem sozinhos, mas, se têm dignidade, se contentam com o papel que têm na vida e não se põem a tentar conquistar pessoas muito mais jovens ou destruir lares alheios com aventuras sexuais com pessoas casadas. Se dignos, não alcançam os cinquenta anos se vestindo como adolescentes e usando gírias juvenis. Apenas aceitam o ocaso de seu sucesso e se contentam com os presentes que a vida lhes dá. Talvez um bom filho ou amigos verdadeiros que o acompanham. Assim viverão felizes, ainda que saudosos da juventude.

Os bons moços hão que se contentar que, enquanto jovens, perderão as namoradas para os conquistadores livres de espírito. No futuro, no entanto, quando os adultos buscam parcerias sólidas, serão eles a bola da vez, colhendo frutos de amores verdadeiros e não de paixões passageiras. Caso aceitem sua condição, não buscarão amores fora do casamento, aceitando que o seu lugar na vida é o de criar estabilidade.

Ananda era a boa companheira, embora se esforçasse muito para parecer o contrário. Seu "sex appeal" era fruto de esforço. Era fajuto. Não era assim, portanto, que poderia conquistar os homens. Pelo menos, não Marcos.

Vida melhor

Era inegável. Marcos vivia melhor. Sentia-se mais alegre e disposto. Sorria mais e tinha mais paciência com as pessoas, principalmente no trabalho.

A sensação não era inédita, mas, de certa forma, era diferente. Desta vez Marcos lamentava menos não ter uma vida totalmente livre. Uma nova rotina lhe foi imposta, mas ela não o incomodava. Durante o dia, trocava mensagens com Ananda. Às vezes, faziam almoços apressados em locais próximos ao serviço de ambos. Riam juntos. Contavam sobre o próprio dia até ali e riam com as estórias. Marcos sabia o que estava acontecendo na vida de Ananda, de modo que sua narração já não tinha mais começo. Cada vez que se encontravam ela continuava a estória de onde havia parado, como se acrescentasse capítulos. Ele já conhecia as pessoas da vida dela, sabendo quem eram seus amigos e seus desafetos.

De noite, conversavam ao telefone. Às vezes falavam por muito tempo e, nos dias da pós-graduação dela, telefonavam-se ao menos para desejar uma boa noite.

Os finais de semana agora estavam sempre ocupados com eventos da família dela. Churrascos, aniversários e casamentos tomavam a agenda de ambos. Quando livres, ficavam no apartamento de Marcos, cozinhando no almoço, comendo "junk food" no jantar, vestindo roupas confortáveis e assistindo um filme atrás do outro.

Aquele apartamento estava diferente. Agora era visto nele um par de sapatos femininos em um canto da sala, prendedores de cabelo na pia do banheiro e uma ou outra blusa de Ananda ocupando o guarda-roupa, tomando espaço de camisas, que agora ocupavam em dupla um mesmo cabide. Os armários da cozinha agora estavam preenchidos com itens inéditos: comida. Aquele lugar ainda tinha um ar masculinizado, mas não aparentava mais um quarto de hotel, com a típica frieza de não se encontrar toques de intimidade e de verdadeira habitação. Em outras palavras, deixava ele de ser um simples apartamento e agora começava a ser um lar. As cortinas agora eram abertas e as janelas assumiam a função de se manterem abertas para arejar o ambiente. Às vezes, sentia-se um aroma de incenso, ocasionalmente aceso. Velas nunca haviam sido vistas na "Era Marcos" daquele apartamento. Agora eram vistas nos banheiros e algumas decorativas na sala. Tudo era trazido gradualmente para não assustar o rapaz. Aquele imóvel ganhou também um presente inestimável: uma diarista que fazia a faxina todas as sextas-feiras.

Os eventos familiares no início tinham participação de Marcos. Agora ele, às vezes, os protagonizava. Ele e seu apartamento serviram de anfitriões para receber familiares e amigos de Ananda em diversas ocasiões. Esta também começou a assumir um papel social na vida de Marcos. Já era um rosto conhecido no trabalho de Marcos. Seus amigos gostavam dela e até lamentavam quando Marcos ia aos encontros sozinho. Do seu círculo mais íntimo, faltava Ananda conhecer apenas o irmão de Marcos, Ricardo, que vivia em um dos lugares mais distantes de onde estavam: a Austrália.

A moça ansiava por conhecer a família de Marcos. Afinal, ele não tinha nenhuma por aqui. Era órfão e os poucos tios que tinha viviam na Itália. Pelo que sabia, nem português falavam. Marcos só os conhecia por foto. Seu único irmão tinha se mudado para a Austrália logo após o falecimento dos pais. Parecia estar se dando bem naquele país e não estava em seus planos voltar ao Brasil. Lá, Marcos tinha cunhada e sobrinhos. Era louco para conhecê-los, mas não sabia se Marcos já tinha falado dela para eles.

Ananda vinha de uma família unida. A alegria por lá era compartilhada. Tudo era motivo de comemorações. Um emprego novo de alguém, um carro comprado, uma boa nota na faculdade. As tristezas doíam menos, pois eram verbalizadas. Sempre havia quem ouvisse pacientemente as lamúrias de alguém. Por isso, Ananda enxergava esse como o meio correto de uma família ser. Inconscientemente, impunha isso a Marcos. Começou a pressioná-lo para que se aproximasse do irmão. Para que soubesse o que estava acontecendo na vida dele e na de seus sobrinhos. Passou a insistir para que fosse visitá-lo. Ele ainda não fizera isto desde que o irmão foi embora. A moça até sugeria a data, que coincidia com uma época em que ela poderia pedir uns dias de folga no escritório.

A decepção de Ananda não tardou muito. Ele, de fato, aceitou a sugestão da moça. Comprou passagem aérea para visitar o irmão dali dois meses. Contudo, nem cogitou levá-la.

Desapontamento

Ananda não conseguia disfarçar a decepção por Marcos não ter considerado levá-la na viagem. Pensava que a relação já amadurecera a tal ponto. Afinal, ele já conhecia a família dela praticamente inteira.

A moça começou a se sentir preterida ou, ao menos, pouco importante. "Será que o irmão de Marcos ao menos sabe que eu existo?", perguntava-se.

Com a decepção veio a insegurança. Ananda começou a esperar que ele fosse terminar o relacionamento antes da viagem. Seus encontros passaram a não ser mais tão divertidos. Às vezes, o encontro resumia-se a uma leve discussão.

Ananda jurava que não ia confrontá-lo sobre a viagem e apenas insinuava que Marcos estava evitando a intimidade. Ela só poderia atribuir isso à falta de sentimento da parte dele. "Talvez ele esteja usando essa viagem com o pretexto de dar um tempo", pensava ela.

Com o passar dos dias, o que era implícito ficou explícito. As cobranças surgiram com voracidade. A paciência da moça havia acabado. O ciúme tomava as rédeas. O sentimento de rejeição chegava com força.

A inteligência e controle sempre sucumbem frente à emoção. Ananda agora era dominada pelo instinto de preservação. Tornara-se instável. Alternava entre a euforia e o ódio no mesmo dia. Um gesto de carinho dele podia levá-la às lágrimas de alegria. Um telefonema não atendido podia despertar a cólera e dar causa a uma mensagem de voz com cobranças.

Aquela bela mulher já não era dona de si. Marcos ditava seu humor. Caso fosse atencioso, teria ela um lindo dia. Caso parecesse ocupado (e, às vezes, realmente estava), o dia dela nublava e tudo que sentia é que seu relacionamento acabaria em breve.

Seu turbilhão de sentimentos fazia com que ela tivesse posturas pouco compreensíveis para as pessoas que a rodeavam, principalmente para Marcos. Ora se punha a ser ainda mais carinhosa, desejando conquistá-lo pelo amor, ora perdia o controle para o medo e acabava ficando agressiva e controladora, desconfiando de cada passo do namorado.

Sugerindo que ele fosse apenas mais um homem como qualquer outro, tentou conquistá-lo pelo sexo. Esforçava-se desmedidamente para parecer uma mulher quente como um vulcão. Dava a entender estar sempre excitada e pronta para ele. Começou a mandar fotos eróticas em vários momentos do dia, inclusive durante o trabalho. Quando conseguia encontrá-lo, não tentava mais ser divertida, amiga ou mesmo uma namorada. Comportava-se quase como uma garota de programa, cuja finalidade do encontro era somente o sexo.

Como sentia não estar sendo correspondida, passou a vigiá-lo escondida. Tentou clonar seu telefone para saber se ele tinha outra pessoa. Começou a desconfiar se Marcos ia mesmo sozinho na viagem. Depois começou, inclusive, a duvidar se ele ia mesmo para a Austrália. Afinal, ela não conhecia Ricardo. Nunca falara com ele. Como ela poderia confirmar se seu namorado esteve realmente lá?

Marcos era o homem mais maduro que conhecera. Não queria perdê-lo. Não era só o amor que sentia, que era real e declarado. Perdê-lo também significaria começar do zero. Implicaria em desperdiçar a intimidade e o histórico construído ao longo dos meses. Todo o aprendizado sobre aquela pessoa seria perdido. Ela conhecia seus gostos culinários, suas fobias, o que o irritava e o que lhe agradava. Amantes sabem dessas coisas. Conhecem hábitos noturnos, sensibilidades, irritações, assuntos proibidos, trejeitos e outra infinidade de pequenas coisas.

Ananda tornara-se uma especialista quando o assunto era seu namorado e, de repente, tanto conhecimento seria inútil se a relação acabasse. Ademais, ela já teve términos de namoro no passado e sabia a bizarrice que se seguia ao rompimento. Em um minuto, somos a pessoa que mais conhece a outra. Sabemos sua rotina inteira. Podemos prever o que ela está fazendo a cada momento do dia.

No minuto após o término já se sente o distanciamento. Finge-se que a pessoa é quase uma estranha. Levanta-se um muro entre os dois. Às vezes, as conversas e cumprimentos existem apenas por cordialidade. A falta de intimidade surge entre ambos, mas é forjada. É um estranhamento fingido. Com um tempo, no entanto, a encenação começa a ter traços de autenticidade. O distanciamento forçado começa a ser natural. De repente, novas amizades surgem na vida dessas pessoas sem que a outra as conheça. Novos empregos, novas crianças na família, falecimentos, formaturas, etc. Passado um ou dois anos, caso os ex-namorados tenham oportunidade de se reencontrar, perceberão como a vida mudou para ambos e todo aquele conhecimento se perdeu. São quase como estranhos, o que é de fato muito bizarro, pois por muito tempo se conheceram muito bem.

Em um mundo perfeito, o término de um relacionamento amoroso seria apenas o término de um relacionamento amoroso. Deixariam de ser namorados, não de se relacionarem. É realmente ótimo ter alguém que nos conheça tanto. Não fosse a vaidade e o ciúmes por perder alguém, a raiva jamais seria desperta. Aquele conhecimento mútuo não seria perdido e seria usado em benefício de ambos. É uma pena que com o término venha o distanciamento ou, às vezes, até a inimizade. Era justamente o que Ananda não queria.

Pensando estrategicamente, ela tentava manter em bom termos o que estava acontecendo. Quem sabe Marcos precisasse apenas de um distanciamento passageiro para se encontrar? Tentaria aceitar isso e se controlar para que, quando ele voltasse, o relacionamento pudesse continuar como se nada tivesse acontecido. Bom, isso era um pensamento estratégico. Quem disse que a estratégia é mais forte que a emoção?

O crescente desinteresse

Logicamente, Marcos não desapareceu da vida da Ananda de imediato. Ele tinha um legítimo interesse por ela. Todavia, fato é que o bem-estar que sentia se desvanecia com o passar do tempo. Em poucos meses, Ananda passou de uma mulher desejável para uma mulher insistente e controladora. No começo, as mensagens da moça eram prontamente respondidas. Eles tinham conversas intermináveis e excitantes. Marcos saía de reuniões importantes para atender seus telefonemas. Desmarcava compromissos para recebê-la em casa. Tinham conversas intermináveis e excitantes até tarde da madrugada. Visitar sua família era prazeroso.

Com o passar dos meses, no entanto, sentia desânimo quando recebia uma mensagem da moça. Nos últimos dias, as tentativas de contato passaram a ser uma chateação. Ele já não se esforçava para atender aos telefonemas. Atendia-os quando podia e, ainda assim, não por legítimo interesse, mas sim por consideração. Às vezes, por dó. Os convites para se verem começavam a rarear e, quando ocorriam, Ananda disputava com o celular de Marcos a sua atenção.

Ele não era mal-intencionado. No começo, torcia de verdade para que a situação fosse diferente e para que o relacionamento desse certo. No entanto, as coisas caminhavam exatamente da mesma forma como se deram em seus relacionamentos anteriores, ou seja, com a diminuição gradual do desejo e sentimento. Este, em alguns casos, caía a tal nível que ele já se interessava por outra pessoa antes mesmo do término de seu relacionamento atual. Fantasiava com situações futuras em que tudo seria diferente. Idealizava mulheres que não tinham os defeitos da sua atual namorada. Estas fantasias ganhavam, inclusive, imagens. Ele podia enxergar o biotipo de sua futura mulher, que era, normalmente, avesso àquele recentemente testado, como se a aparência da pessoa pudesse causar efeitos em sua personalidade.

Quando mulheres com o fenótipo fantasiado surgiam, o dilema da traição se instalava no peito de Marcos. Como ele era covarde para términos, acabava nutrindo esperanças nas namoradas de que a situação era apenas uma crise reversível. Não, não era. O interesse dele já havia se esvaído e já estava em outro lugar. Quanto mais forçassem para mudar a situação e evitar o término, mais ele se afastava. Talvez se elas aceitassem o término com dignidade e com disfarçada compreensão, a situação não chegasse ao ponto de despertar aversão em Marcos. Ele acabava por inventar desculpas para o distanciamento, tal como uma viagem.

O que se passava no coração dele era um mistério. Seria inquietação e desgosto pela monotonia? Seria medo de compromisso? Nem ele sabia responder. O provável é que não fosse o medo, pois sempre que conhecia alguém fantasiava com o futuro e este incluía festas de casamento, filhos e o compartilhamento da sua vida com a mulher amada. A empolgação havia sido sempre breve, para o desgosto de ambos os amantes.

Marcos encarava a situação como puro azar. Não se atribuía defeitos. Seria falta de sorte nunca ter achado alguém que lhe despertasse o amor. Alguém que não fosse carente e controladora, dando-lhe doses de liberdade que o fizessem sentir falta da namorada. Ora, a saudade de casa surge enquanto se viaja. Também nos relacionamentos, ao se dar liberdade, nutre-se a saudade, e ele confundia saudade com amor.

Aos olhos dos estúpidos em sentimentos, talvez a saudade seja a única sensação que os fazem perceber que amam. A dor é o maior aprendizado e a saudade é a manifestação dolorosa do amor.

O término

Ao contrário de Marcos, o interesse de Ananda era crescente. Talvez fosse a sua vaidade. Vaidosos tendem a buscar seu valor nos outros. A forma como as pessoas reagem à sua aparência, ideias e habilidades — ou seja lá qual for o motivo do envaidecimento — é um grande indicador do seu valor pessoal.

O natural é que nos afastemos daqueles que começam a nos desprezar ou nos tratar com indiferença. Para os vaidosos, isto está longe de ser o natural. Eles se amam na medida em que são amados e admirados. Quando o entusiasmo alheio começa a desaparecer, tendem a intensificar seus esforços para reverter a situação. A questão se torna de vida ou morte, porque sozinhos são incapazes de ter amor-próprio. A solidão acaba por trazer-lhes depressão.

O golpe forte para os vaidosos é dado justamente na auto-estima. Em casos mais graves, a vaidade leva à possessão e ao ciúmes desmedidos. Ora, o ciúme é uma das formas de manifestação da vaidade. Perceba que este se revela mais fortemente no objeto de amor-próprio. Não é o feio que tem ciúme do belo. Não é o estúpido que tem ciúme do inteligente. O engraçado teme perder lugar para outra pessoa engraçada. O bom atleta tem medo que outro que jogue melhor apareça. Assim como na física, em que os sinais iguais se repelem, são os parecidos que disputam espaço, fazendo esforços para tirar o outro de cena. O recado do ciumento é claro: eu não admito que ninguém seja mais digno de amor do que eu recebo.

Conforme o interesse de Marcos desaparecia, mais Ananda se esforçava para agradá-lo. Situações humilhantes surgiram. Como ela atribuía a admiração alheia à sua beleza e sensualidade, foram esses os traços mais trabalhados por ela. O raciocínio dela era plausível, já que foi sua beleza que atraiu Marcos em primeiro lugar, quando a admirava de longe no vagão do Metrô. Naqueles últimos dias de relacionamento, Ananda se esforçou para elevar sua sensualidade à potência máxima.

Marcos era surpreendido diversas vezes no dia com fotos sensuais enviadas pelo celular. Na maioria das vezes, fazia ela caras e bocas de desejo. As fotos passaram a chegar espontânea e rotineiramente. Sem pedidos. Vinham em poses constrangedoras e tinham ao fundo lugares inusitados. Ela começou a se colocar em risco. Às vezes, gravava vídeos seminua no banheiro do escritório em que trabalhava. Na sua casa, explorava novos cômodos que pudessem emoldurar sua sensualidade. Esquecia-se ela que não morava sozinha e que podia ser flagrada em situações impossíveis de disfarçar.

A frequência de suas fotos passou a ser inversamente proporcional ao interesse de Marcos. Ela sentia o silêncio. Antes, suas mensagens eram respondidas em poucos segundos. As respostas eram convidativas para que a conversa continuasse. No começo, ele parecia estar sempre disponível.

De repente, Marcos passou a ter muito trabalho a fazer. Passou a fazer viagens profissionais e não poder vê-la aos finais de semana, embora Ananda desconfiasse da veracidade de tais informações. Quando conversavam, ela já não sentia a empolgação de Marcos. Ele parecia ter sempre pressa para desligar o telefone ou para ir embora. Não o encontrava mais no Metrô. Ele lhe dizia que estava entrando mais cedo no serviço, o que sabia ser mentira, pois ela passou a telefonar para o serviço dele antes do horário habitual de entrada. O telefone nunca era atendido.

"Não é possível! Ele tem outra mulher", pensava Ananda, que era incapaz de verificar sua própria obsessão. Passou a segui-lo à distância. Esperava ele sair do prédio onde morava. Às vezes, a espera era debaixo de chuva. Percebeu que ele tinha começado a ir trabalhar de táxi. Certamente, fazia isso para não encontrá-la.

Ananda reparou também que ele estava sempre "on-line" no aplicativo de mensagens do celular, mas tardava em responder suas mensagens. Isto quando as respondia. Tentou clonar o celular dele para descobrir o que se passava, mas não conseguiu, o que intensificou a desconfiança.

Ela passou a se sentir desprezível e feia. A sua depressão acabou por afastar a sua vontade de se arrumar e de estar sempre bela. Quando se deu conta disso ao se olhar no espelho, usou este motivo para se culpar. As unhas que antes estavam sempre feitas, agora estavam roídas e sem esmalte. Culpava-se por não ter condições financeiras de fazer uma cirurgia para colocar silicone nos seios. Pensou em fazer um empréstimo bancário para tanto, mas seu medo a fez recuar. Ela precisava ser mais desejável.

Ananda nutriu a certeza de que ele tinha um novo relacionamento e que, definitivamente, a amante era bem mais bonita que ela. Certamente, tinha os seios maiores que os seus. Talvez fosse mais alta e mais inteligente. Provavelmente, ganhava mais que ela.

Ananda começou a interrogá-lo sobre o assunto insistentemente. Marcos jurava que não havia mais ninguém em sua vida, mas ela não acreditava. Cada telefonema não atendido era alimento para sua imaginação. Via-o em sua mente sem roupas por cima de outra mulher estonteante naquele sofá aveludado. Com a imaginação, às vezes sentia tremores e desconforto físico. Certa vez chegou a vomitar no banheiro do serviço de nervosismo.

Ela passava o dia olhando para o celular, aguardando mensagens dele. Chegou a passar dois dias sem ter nenhuma notícia. Nestes dias não conseguiu se concentrar. Nas reuniões ficava distraída, ansiosa para olhar o telefone. Nem sempre conseguia evitar. Tamborilava freneticamente seu lápis na mesa e não se dava conta de que irritava os outros à sua volta. Suas pernas, naturalmente inquietas, agora balançavam sem cessar debaixo da mesa.

Em casa, tinha acessos de fúria e discutia com todos. Sua presença passou a não ser mais tão agradável como antes. Pouco colaborava nos afazeres. Não se ouviam mais os seus risos altos. Ficava trancada em seu quarto e parecia não ter paciência para ouvir ninguém. Nem mesmo seu pai, com quem adorava conversar, conseguia arrancar um sorriso de Ananda.

A situação piorou quando acabou sendo demitida. A demissão foi justa. Perdeu um prazo importante em um caso do cliente mais importante do escritório. Ademais, não vinha mais atendendo às expectativas do seu exigente chefe.

Entrou em desespero. Passou a odiar Marcos. A culpa era totalmente dele. Esse homem havia lhe usado e agora não tinha a decência de lhe dar satisfações pelo silêncio. Saindo do escritório, transtornada, não se conteve e lhe mandou uma mensagem de áudio cheia de cólera e rancor. Atribuía-lhe todo seu infortúnio. Conforme falava, mais se enervava. Passou a xingá-lo e a praguejá-lo. Terminou dizendo que ele não era homem suficiente e que sua nova namorada lhe trairia. Só assim ele entenderia o que ela passou e viria rastejando lhe pedir perdão. Quando isso acontecesse, ela não o aceitaria.

Ao final do áudio enviado, sentiu um remorso instantâneo. Para seu azar, esta mensagem foi ouvida quase que imediatamente. Não teve tempo de pensar melhor e apagá-la. Lembrou dos xingamentos proferidos e sentiu um frio no estômago. Queria voltar no tempo. Logicamente, não era possível. O que estava ao seu alcance era um pedido de desculpas. Este tinha que ser convincente. Ela imploraria. Diria que se arrepende e que o amava mais que tudo na vida. Pediria que, pelo amor de Deus, não a largasse. Que ela faria o que ele quisesse. Que seria uma pessoa melhor e não teria mais ciúme. Infelizmente, as desculpas não seriam enviadas. Marcos havia lhe bloqueado. Ela não podia mais mandar mensagens a ele. Era o fim.

A tentativa

Marcos ainda tinha a moça bloqueada em sua lista de contatos. Os telefonemas de Ananda caiam diretamente na caixa postal. O acesso a ele estava totalmente restrito. Na última vez que esteve em seu prédio, o porteiro havia dito que ele não estava. Ela não acreditou, mas não o culpava. No último áudio enviado havia lhe xingado muito. Os impropérios estavam longe de ser verdadeiros. Havia apenas a ira mostrando suas asas. Ele tinha toda razão em estar chateado. Afinal, a culpa era dela mesma. Teria sido ela que parou de ser a mulher bem arrumada e humorada de antes.

Ananda agora se convencia que Marcos havia sido um cavalheiro e teria aguentado por tempo demais. Não merecia a moça desvairada do término. Ananda só tinha uma oportunidade de vê-lo. Sabia o banco em que Marcos era analista financeiro. Já estivera lá algumas vezes com ele e conheceu alguns de seus colegas de serviço. Lá era o único local em que poderia encontrá-lo. Que seu acesso não seria impedido. Ela precisava que ele a ouvisse. Que a descobrisse de novo. Para tanto, deveria estar arrumada como antes.

Mesmo estando desempregada, vestiu-se como se tivesse indo a uma audiência no fórum. Escolheu a roupa que sempre arrancou olhares do rapaz no metrô. Camisa branca, saia escura, meias e saltos. Gargantilha delicada vista porque a camisa não estava inteiramente abotoada. Maquiagem discreta e cabelo escovado. Sempre funcionava com ele. Já podia imaginar o seu sorriso. Ele adoraria vê-la assim. Sempre adorou.

Não teve problemas para entrar no prédio. O átrio era movimentado e, do jeito que se trajava, bem parecia trabalhar ali. Ao chegar ao andar em que Marcos trabalhava, a recepcionista a reconheceu e nem a anunciou.

Ele trabalhava em uma sala ampla e de fácil acesso, ocupada por umas vinte pessoas lado-a-lado, separadas por baias baixas. O lugar era barulhento e masculinizado. A visão era ampla. Podia-se distinguir quem era o supervisor porque ele era o único privilegiado por ter uma mesa independente e em destaque. Podia-se ver também um recuo, utilizado de copa, apenas equipado com uma máquina de café e um bebedouro.

Quando Ananda o viu de longe, sentiu tremores nas pernas. Ele estava de olhos fixos no computador. Não notara a sua presença. Aliás, parecia que ninguém havia notado. Todos pareciam atarefados e com pressa. Inclusive ele. Ela titubeou e não sabia se tentaria a aproximação ou se deixaria que ele a visse em seu tempo.

A demora começou a lhe deprimir. Começou a se sentir estúpida por estar ali. Estava toda arrumada e nem sabia se aquele homem lhe perdoaria. Nitidamente, ele não sentia a sua falta. O silêncio dele havia sido uma mensagem clara. Começou a perceber que ali o importunaria. Ananda começou a desejar não ser vista. Quis sair de lá e preservar o pouco de dignidade que ainda tinha.

Porém, já era tarde. O amigo de Marcos, vizinho de mesa, a reconheceu e lhe sorriu. Aquele sorriso era quase como um afago. Não, não era inoportuna. O sorriso do amigo só poderia significar que Marcos sentia a sua falta. Afinal, eles devem ter conversado sobre o assunto. Ananda relaxou e sentiu conforto e esperança. Era esse o sorriso que ela queria ver nos lábios de Marcos.

O amigo cutucou o ombro de Marcos e apontou na direção de Ananda. Ele demorou para entender o que estava acontecendo. Parecia que seu cérebro demorava para processar a informação ou talvez ele não estivesse entendendo o que se passava. Gradualmente e conforme entendia quem estava ali, de pé, olhando para ele, sua cara começou a se fechar. Parecia incrédulo.

Ananda, ao invés de um sorriso, recebia um balançar de cabeça em reprovação. O mundo dela tinha acabado.

Desastre

Ela foi levada à pequena copa. Lá poderiam conversar sem serem ouvidos. Sentia que todos os olhavam pelo canto dos olhos. Definitivamente, não tinha sido uma boa ideia ter ido lá.

Marcos não lhe dirigiu ao menos um simples "oi".

— Me diga o que você está fazendo aqui.

— Eu precisava dizer o quanto sinto muito por tudo que eu disse.

— Não, você não sente. Aquela na mensagem de áudio era você. Queria dizer aquelas coisas. Você quis me machucar.

— Marcos, eu seria incapaz de te fazer mal, disse ela já chorando.

— Não chore. Não faça cena! Essa mulher arrependida não é a mesma que me xingou. Você está no meu serviço. Não tinha o direito de vir aqui e me fazer passar essa vergonha. Meu chefe está ali. Ele pode me ver. Vamos sair daqui.

— Não, Marcos. Eu só vim dizer que realmente sinto por tudo que eu disse. Eu estava nervosa. Já estou indo embora.

— Você acha que é simples assim? Você surta, me xinga e agora porque vem no meu serviço espera que eu te perdoe? A verdade é que estou puto por você ter vindo aqui. Se eu não estou te dando acesso à minha vida é porque eu não te quero mais. Você não me merece.

Ananda tinha medo que o pedido de desculpas não fosse aceito, mas jamais tinha imaginado um tratamento ríspido como esse. Marcos era diferente daquilo. Algo mais devia mesmo estar acontecendo.

De repente, toda a compreensão de Ananda se esvaiu. Começou a ter a certeza que Marcos tinha outra. Que ela era página virada. Ela podia sentir o nervosismo. Suas pernas tremiam. As lágrimas rolavam com força pelo seu rosto. Já estava cega. Não conseguia perceber que todos olhavam para ela. Estava totalmente descontrolada e, talvez por isso, não percebia que o volume da sua voz era mais alto. Quase aos gritos disse:

— Filho da puta! Você tem outra! Você está me tratando como um lixo. Agora que já fez de tudo comigo me trata como se eu fosse uma qualquer.

— Ananda, não grite, disse ele rangendo os dentes.

— Está com vergonha? É para estar mesmo! Você me usou. Agora que eu já não sou um troféu você já passou para sua próxima conquista. Acha que eu não te conheço? Você é um desgraçado vaidoso. Você deve estar se sentindo o máximo por uma mulher gostosa como eu estar aqui gritando por você no seu serviço. Como sou burra! Como fui me envolver com uma pessoa tão baixa como você? Espero que a vagabunda que você está saindo te trate como um lixo e te meta um belo par de chifres...

Ela foi interrompida pelo amigo de Marcos, que agora a segurava pelo braço, tirando-a dali. Foi quando percebeu que ninguém mais tinha os olhos no computador. Todos estavam olhando para ela. Boquiabertos, os outros analistas a olhavam com dó. Sim, ela podia sentir o dó de todos flutuando no ar. Se sentiu pequena e ridícula.

O amigo de Marcos foi gentil. A levou até o elevador e tentava acalmá-la. Ela não o ouvia. Apenas chorava. Chorava de tristeza e de raiva. Todavia, suas lágrimas eram agora também por vergonha.

Quando entrou no elevador, não reconheceu a mulher que observava no espelho. Uma pessoa em frangalhos, vermelha de chorar e sem qualquer compostura. Naquele momento, Ananda queria morrer e nascer de novo. Foi isso que decidiu fazer. Aquela pessoa frágil e manipulável morreria. Nasceria uma nova mulher. Esta jamais choraria por algum homem.

Dando um tempo

Marcos aceitou a demissão sem discussão. Por mais que não tenha deliberadamente provocado o conflito, fato é que a confusão no andar se deu por conta dele. A algazarra não teria acontecido se ele não trabalhasse ali. Uma tarde de serviço foi praticamente perdida, pois, depois do evento, todos os funcionários perderam a concentração no que faziam. Eventos assim abalam a credibilidade e ele sabia que os chefes julgavam os funcionários também pelo modo como gerenciam sua vida privada.

Na verdade, nem mesmo ele gostaria de continuar ali depois do que aconteceu. Sentia-se envergonhado demais. O falatório já não se restringia ao seu andar. Diversos empregados do banco sabiam da situação. As mulheres do local o olhavam com desprezo, pois sentiam compaixão pela moça que chorava desesperadamente. Aos olhos delas, Marcos não teve um pingo de compaixão. Talvez elas estivessem certas.

Embora soubesse que não podia ficar naquele emprego, ele não tinha ideia do que fazer. Não sabia o rumo que daria à sua vida. Tinha consciência, apenas, que não suportava mais aquilo tudo. O episódio com Ananda o deixou profundamente chateado. Menos por causa da moça, e mais devido ao seu infortúnio. A história tinha se repetido mais uma vez, embora agora o desfecho tenha sido mais agressivo. Era incapaz de reconhecer sua parcela de contribuição com a situação. Ao final e ao cabo, culpava Ananda pelo descontrole e por tê-lo feito perder um emprego que lhe pagava tão bem.

Por mais que Marcos não reconhecesse isso ainda, analisando cautelosamente os seus relacionamentos, pode-se concluir que ele provocava aquele tipo de desfecho. Era covarde para terminar seus namoros pelo motivo real, ou seja, seu crescente desinteresse e alteração de expectativas. Então ele acabava por transformar a vida de sua companheira em um inferno de insegurança. Ele as colocava sob estresse para que estourassem, pois, assim teria motivos para o afastamento sem se tornar o vilão da história. A questão é que seus movimentos eram inconscientes. Ele não os fazia calculadamente. Era uma forma de proteção pessoal. Não suportava que alguém não gostasse dele.

Todavia, nunca deu certo. Os términos desandavam sempre da mesma forma. Em um primeiro momento, a moça se sentia culpada, exatamente como ele queria. Ela ainda o idolatraria por algum tempo. Contudo, em algum momento que fugia do seu controle, a situação se invertia. As ofensas surgiam e Marcos acabava se tornando alguém desprezível aos olhos da ex-namorada (e aos olhos de todo o círculo de amizades da namorada). Sempre era acusado de traidor. Era a única conclusão que as confusas mulheres podiam chegar. Elas se esforçavam para fazê-lo feliz e, ainda assim, ele se afastava. Só poderia ser outra mulher.

Embora em alguns casos ele tenha, de fato, iniciado um novo relacionamento antes do término do anterior, não era o que o tinha se dado desta vez. Marcos não tinha ninguém. Embora tivesse tido uma demonstração descontrolada de amor, se sentia sozinho. Julgava-se castigado pelo destino ou por Deus. Enxergava-se com retidão de caráter e lhe era insuportável observar a felicidade de alguns casamentos e relacionamentos. Também merecia aquilo. Não sabia em que momento errava e, portanto, atribuía a infelicidade à injustiça divina, se é que algo de divino poderia existir nessa vida.

O medo é o oposto da fé. Como ele tinha medo, julgava o mundo desinteligente e sem lógica. Começava a encarar a vida apenas como uma sucessão de fatos aleatórios. Sentia-se azarado e desesperançado.

Quando não se pode enxergar internamente o erro, atribui-se o infortúnio ao entorno. Foi assim para ele.

Agora, a viagem para visitar seu irmão e sobrinhos passou a ser uma necessidade sentimental. Estava sozinho e o calor dos parentes poderia lhe fazer bem à alma.

Família

Cansado e triste, Marcos chega a Sidney, cidade em que seu irmão morava com a família. Se sentia sozinho. Aquele tempo com conhecidos lhe faria bem.

Ricardo o buscou no aeroporto. Aquele sorriso largo e amigo caiu bem ao espírito de Marcos tal como um copo d'água sacia um andarilho que atravessa o deserto. Ele o esperava já na área de desembarque. Os irmãos se abraçaram apertado. Murros fortes nas costas embruteceram o cumprimento, que antes parecia doce por causa do beijo no rosto que se deram.

— Cara, você está muito parecido com o papai, disse Ricardo.

— Mas nos últimos dias tenho ficado sensível como a mamãe.

— Não me diga que enfim você sossegará com alguém.

— Quem me dera tivesse alguém para sossegar. Você que tem sorte. Achou uma companheira literalmente para a vida toda, disse-lhe o irmão, referindo-se ao fato de Ricardo ter começado a namorar Bia ainda na adolescência.

— Nem tudo são flores, meu amigo. Há dias que invejo sua vida de solteiro, respondeu-lhe o irmão enquanto caminhavam abraçados em direção à saída.

— Venho descobrindo que minha vida já me cansou.

— Cansado estou eu de dirigir este contêiner com rodas, disse Ricardo apontando para seu carro quadrado. E completou:

— Carros esportivos não carregam crianças e cachorros.

— Estou louco para ver esses pulguentos.

— Eles são de raça. Nós temos classe por aqui.

— Estou falando dos meus sobrinhos, respondeu-lhe Marcos e ambos gargalharam enquanto a perua sem graça era destrancada.

Enquanto Ricardo dava partida no carro, perguntou ao irmão:

— Sério agora, que merda é essa de terminar um relacionamento após o outro? O que você estava procurando? Papai ia te matar se soubesse que você está com esse espírito solto por aí.

Os irmãos recitaram em coro as palavras que o pai sempre lhes dizia:

— "Criei homens para terem famílias e patrimônio e não para serem moleques para sempre".

— Não sei o que estou procurando, cara. Sem piadas, mano, mas queria ter alguém de verdade. Alguém que goste de mim. Viver uma vida com mais sentimento. Um pouco mais colorida, sabe?

— Que babaquice é essa? Você virou poeta agora? Cara, deixa eu te falar um negócio. Ninguém ama o outro o tempo todo. Acha que todo dia da minha vida acordo e penso "puta merda, como amo minha mulher"? Acha que ela me ama quando exagero na cerveja e falo mal da mãe dela? Sei que nessas horas ela sente por mim algo muito próximo do ódio. Escuta o que estou te falando. Não assista comédias românticas e essa baboseira dos seriados. Os suspiros são raros nos casamentos. A gente funga em desagrado a maior parte do tempo. Minha vida não é colorida como você pensa. Porra, lembre que a gente só consegue ver a merda do arco-íris de longe. Quando a gente chega perto o que a gente vê é só chuva.

— Por que continua nessa vida então? Não quer algo melhor? Por que não procurar alguém que você ame de verdade?

— Porra, eu te disse que não amo a Bia? O que estou dizendo é que a vida não é novela. Sei que amo Bia porque fico todo atrapalhado quando ela não está perto de mim. Eu não sei fazer as coisas. Alimento-me só com tranqueira quando ela viaja. Para ser franco, até tomo menos banhos. Ela me faz melhor, mano.

— Entendi. Longe dela é como se a mamãe não fizesse mais seu prato, né? Observou Marcos com sarcasmo. Contudo, para a sua surpresa, o irmão balançou a cabeça em concordância.

— Sim, cara. No final, todo mundo precisa de alguém que cuide da gente. É um paradoxo, mano. É difícil explicar, mas às vezes eu não quero que ela esteja em casa. Não quero que ela fique me pedindo para fazer as coisas. Quero que meus filhos estejam na escola para que eu possa assistir a um filme de adulto na televisão. Mas quer saber? Bastam dois dias. Depois disso quero toda a zona da minha vida de volta. Eu me perco. Todo o tempo livre que acredito que terei é gasto assistindo programas de televisão ruins. Sério, Brô, não tenho dúvidas que sem ela e meus filhos eu viveria menos e ainda teria uma vida de merda.

— Mas você não sente falta de ser livre? Poder sair para viajar sem se preocupar com nada? Ficar no bar até de madrugada se o papo está legal? Tipo não ter que sair da mesa para voltar para casa às oito da noite?

— Marcos, eu sinto falta de tanta coisa que você nem imagina. Até de poder ir ao banheiro em paz sem ter filho batendo na porta sinto falta. Mas, sério mesmo, quando estou longe de casa viajando a serviço vejo como essa vida maluca me completa. Só de pensar na Bia tendo que se virar sozinha para cuidar dos nossos filhos e cachorros me corta o coração. Quero ajudá-la. Quero ter os mesmos motivos para reclamar do cansaço que ela tem.

— Ricardo, desculpe, mas não consigo acreditar que isso é felicidade. Não percebe que você tem que estar distante para perceber que ama sua vida? Acredito que você confunde amor com rotina. Porra, também sinto falta da minha rotina, mas quero ser feliz vivendo além do sentimento de conforto. Não quero ter que me afastar de alguém para sentir saudade. Não quero esse relacionamento que você descreve.

— Amigão, como eu disse, o arco-íris só é colorido de longe. De perto a gente se molha na chuva. Quer viver bem na tempestade e não sabe como? Bem-vindo ao clube. Esse é o desafio para todas as pessoas do mundo, a não ser que você seja Buda ou Jesus Cristo.

Marcos deu de ombros, parecendo discordar do irmão. Ricardo completou:

— Você pode escolher olhar a tempestade de dentro da janela de casa, sozinho e protegido. Mas, cara, você não vai viver a vida dessa forma. Será sempre alguém incompleto procurando por algo que não sabe definir. Sem o padecimento você não cresce. Sem querer misturar religião com essa sua conversa, acredito que a gente está na terra para crescer. Só depende de você sair de casa e se molhar um pouco. Às vezes, você ficará puto, se sentindo péssimo e encharcado. Mas também é possível que você aprenda algo de bom nessa loucura e, talvez, até consiga dançar e cantar na chuva. Essa é a nossa tarefa terrena.

Eles estavam chegando na casa de Ricardo agora, e ele complementou:

— Venha, mano, venha comigo e sinta um pouco da minha tempestade diária.

Caos

Eles entraram na casa e o caos se instalou. Os filhos de Ricardo estavam brigando aos berros. Bia gritava com ambos para calarem a boca. Os cachorros começaram a latir quando ouviram que alguém tinha entrado pela porta da sala. Não fosse o bastante, ainda eram ouvidos barulhos de televisão ligada, de batedeiras na cozinha e de máquinas de lavar centrifugando a roupa na lavanderia.

Os cachorros pularam em Ricardo e disputavam sua atenção com os filhos, que queriam um veredicto paterno sobre quem era o dono de um pacote de batatas fritas.

— Vocês não podem fingir serem educados e cumprimentarem seu tio que não veem há dois anos?

— Oi, Tio Marcos, disseram as crianças, que se aproximaram para dar um abraço envergonhado no tio que pouco viam.

— Voltarei esse pacote de batatas para o armário porque ninguém vai comer agora. Já está quase na hora do jantar.

— Mas pai...

— Sem "mas pai". Vocês já ajudaram a mamãe? Colocaram os pratos e talheres na mesa conforme ela pediu?

Os irmãos balançaram a cabeça negativamente. O menino, que tinha nove anos, disse:

— Hoje é a vez da Sara.

Sara protestou:

— Toda vez sou eu?! Pai, não aguento mais o Cris. Ele só me enche o saco, disse a menina de sete anos.

Ricardo estava ficando nervoso, ainda mais porque os cachorros latiam e não o deixavam falar direito. Foi quando precisou gritar para ser ouvido e obedecido.

— Chega! Vão lá assistir o desenho ou desliguem aquela porcaria de televisão que fica o dia inteiro ligada. Aproveitem e levem esses malditos cachorros com vocês porque nem chegar direito em casa eu consigo.

Fez-se o silêncio. Dez segundos de sanidade. Passado o instante, as crianças voltaram para a sala de TV discutindo e empurrando um ao outro. Os cachorros voltaram a pular no dono e também no hóspede.

Ricardo suspirou profundamente e riu acanhadamente para o irmão. Caminharam juntos até a cozinha. Lá chegando, viram Bia, que estava de costas mexendo apressadamente em algo na pia.

— Enfim, chegamos, disse Ricardo.

Bia se virou e sorriu para Marcos. Veio até ele e deu-lhe um abraço carinhoso e verdadeiro.

— O viajante deve estar morrendo de fome, disse a mulher.

Marcos sempre a admirou e ficava aliviado pelo fato de o irmão mais novo ter encontrado alguém como ela.

— Não aguento mais comida de avião, disse-lhe Marcos.

— Rick, você passou no mercado para pegar o creme de leite?

— Puta que pariu! Esqueci, amor. Desculpe. Vou lá e volto em dez minutos.

— Deixa... eu precisava dele agora.

Marcos pôde sentir a tensão no ar e percebeu como Bia olhou com censura e impaciência para o marido.

— Tudo bem se tivermos sorvete industrializado de sobremesa? Eles serviram isso no avião?

— Para ser sincero, nem esperava pela sobremesa, Bia. Qualquer coisa que você servir será além das minhas expectativas. Não se preocupe.

— Bom, Marcos, vai lá deixar suas coisas no quarto e tomar um banho. Você deve estar louco por um chuveiro. O jantar está atrasado como sempre, porque tive que separar pelo menos umas três brigas daqueles dois.

Marcos sentiu que o banho não era uma cordialidade, mas sim uma ordem. Era uma estratégia de Bia para ganhar tempo e poder terminar o jantar. Por isso, o rapaz não discutiu e aceitou a oferta.

Caminhando em sentido ao banheiro podia ouvir o casal discutindo por causa do creme de leite. Nitidamente, os ânimos de Bia estavam exaltados. Parecia nervosa com a quantidade de coisas que tinha se proposto a fazer e com a indisciplina das crianças. Ela dizia que não aguentava mais aqueles cachorros, que só sujavam e destruíam a casa. Por óbvio, o creme de leite e Ricardo se tornaram bodes expiatórios para justificar a ira daquela mulher esgotada pelo cansaço.

Ricardo não respondia. Aparentemente, ouvia calado as insatisfações da esposa, que falava com grosseria.

Marcos não entendia como o irmão podia identificar aquilo tudo com felicidade. A vida dele estava rodeada de berros, latidos, brigas e censuras. Bia já não o olhava com a mesma ternura de antes. Também já não se cuidava da mesma forma. Marcos se lembrava dela sempre com unhas pintadas e com cabelos bem penteados. Hoje, via mãos masculinizadas, como o de trabalhadores rurais, e os primeiros sinais de cabelos brancos presos desleixadamente. As roupas dela já não delineavam seu corpo, mas sim prezavam simplesmente o conforto. Definitivamente, havia se tornado apenas uma mãe cujo tempo e energia eram dedicados unicamente à família. Não havia tempo para autocuidado. As insatisfações que trazia eram sempre direta ou indiretamente atribuídas ao marido. Este ouvia as lamúrias com paciência e compreensão, nunca respondendo ou discordando.

Não era só Bia que parecia desleixada. Seu irmão também não parecia estar nos seus melhores momentos. O jovem atleta que fora estava escondido debaixo de uma camada adiposa que envolvia todo seu corpo. Era quase como se Ricardo estivesse envolvido por um edredom feito de gordura. Seus músculos outrora delineados agora definhavam em braços e pernas que pouco se movimentavam. No rosto, a barba por fazer não era pensada para compor um estilo. Ela crescia livremente, sem qualquer desenho. Passava a impressão de falta de cuidado ou de tempo, talvez de ambos. Suas roupas, que na juventude traziam a opulência de marcas caras, foram substituídas por camisetas e jeans comprados em supermercados.

A casa deles, embora grande, definitivamente mostrava ser habitada por crianças — ou gremlins. As paredes estavam sujas e desenhadas com giz de cera. Tinham pontos tingidos com líquidos que não podiam ser identificados. Os enfeites nas estantes e nas mesas disputavam espaço com brinquedos coloridos e parcialmente quebrados. O bonito sofá comprado com sacrifício ficava escondido por uma manta para protegê-lo dos pelos dos cachorros e dos pés imundos dos pestinhas. Sua espuma já não tinha a mesma firmeza de antes, denunciando que os irmãos ali pulavam quando não vigiados. Pendurada nas paredes da sala, ao invés de quadros e pinturas elegantes, estava uma imensidão de retratos de família, como se cada sorriso merecesse ser registrado e exibido porque raros entre aquela confusão de berros e discussões.

Marcos se sentia contaminado com a agitação e até mesmo um pouco ansioso e inquieto. Mesmo no banheiro, onde se preparava para o banho, podia ouvir o rumor daquela casa que parecia a Rua 25 de Março em São Paulo próximo do Natal. Felizmente, a água do chuveiro abafou o som da casa e lhe trouxe relaxamento. Os berros e xingamentos das crianças ficaram inaudíveis. Tudo que ele ouvia agora era o barulho da água quente que parecia um abraço de mãe.

Ficou triste por Ricardo, que, certamente, só teria esses poucos minutos no chuveiro como um momento de descanso e paz durante todo o dia. Marcos não conseguia entendê-lo. A vida do irmão era estressante e quase injusta. Ele parecia ter sido castrado, pois ouvia impropérios da esposa sem, ao menos, se defender. Os filhos arrancavam-lhe a sanidade, mas, ainda assim, o pai não lamentava as atribulações da vida. Aparentava ter mais paz de espírito do que o irmão organizado de São Paulo.

O jantar

Ao sair do banho, Marcos pôde sentir uma atmosfera diferente naquela casa australiana. Havia cheiro de comida no ar, havia música e, incrivelmente, havia risos. Um coro de risadas, na verdade.

Ao chegar na sala de jantar, viu as duas crianças sentadas se contorcendo de tanto rir do pai, que imitava algum personagem de desenho que Marcos desconhecia. A esposa ria em conjunto e ela tinha motivos em dobro para tanto. Sua alegria era motivada não apenas pelas palhaçadas de Ricardo, mas também por ver os filhos tão felizes. A alegria dos filhos é espelhada em toda mãe que se preze.

— Vem aqui, Marcos. Sente aqui conosco, o jantar está pronto, disse Bia. Espero que goste de carne de cangurus.

Ao observarem a cara confusa de Marcos todos gargalharam.

— É carne suína, Brô. Não seja tão ingênuo.

Ele não foi ingênuo ou, ao menos, acreditara naquilo, mas parecia que aquela família estava disposta a rir de qualquer coisa naquele momento.

Marcos começou a se perguntar por quanto tempo esteve no banheiro. A mudança era drástica e ele não podia acreditar no que estava sentindo. O ar estava leve e nele pairava suavemente a felicidade misturada com o aroma adocicado do molho das costelas suínas assadas. A mesa estava bem arrumada e todos os cinco integrantes pareciam famintos. Na verdade, sete integrantes. Não se pode esquecer dos cachorros que salivavam ao antecipar que ganhariam os ossos do prato principal.

O viajante não conseguia se lembrar da última vez que se sentou em uma mesa com parentes. A boa sensação de harmonia, no entanto, não era desconhecida. Estava apenas voluntária e inconscientemente esquecida. Os risos, os cheiros e a companhia lhe lembravam a infância, época em que os irmãos se sentavam com ambos os pais às nove horas da noite para a última refeição do dia. Logicamente, a refeição nem sempre era temperada com sorrisos. Dividiam-se as alegrias, mas também as angústias. Quando estas prevaleciam, a tristeza atingia a todos da mesa. A única perenidade era a harmonia, sempre presente. Todos os sentimentos eram compartilhados, fossem vitórias ou derrotas.

A rotina foi apenas quebrada pelo câncer de sua mãe. Albertina adoeceu repentinamente. Lutou por diversos meses. Nos últimos dias estava irreconhecível. Parecia que Deus havia levado sua alma antes de seu corpo. Já não tinha o mesmo sorriso, a mesma placidez ou até o mesmo cheiro. No final, os familiares acabaram por torcer que aquele sofrimento acabasse. Vez que irrecuperável, desejavam silenciosamente sua morte, pois, por compaixão, engoliam o egoísmo do desejo de terem sua mãe para si e aceitavam o que era melhor para ela.

O descanso, enfim, veio. Ante a deplorável situação daquela outrora vívida senhora, a morte chegou-lhe como um prêmio. Era como uma compaixão divina gratificando-a por ter aguentado suas provações sem lamuriar ou perder a fé.

Partiu em um sábado. Dia 31 de dezembro de 1994, quando Marcos tinha 18 anos e Ricardo 16. Este pouco antes começara o namoro com Bia, que, desde então, já se mostrava companheira.

O devaneio de Marcos foi interrompido pela sobrinha.

— Titio, você sabe fazer alguma imitação?

— Ai, Sara, querida. Talvez apenas de pessoas que vocês nem nunca ouviram falar. Nem vale a tentativa. Mas o titio sabe fazer isso...

Marcos fez uma infeliz e mal-sucedida careta. Os sobrinhos o olharam sem esboçar nenhuma reação. Ele pôde sentir o encabulamento geral na mesa. Sentiu-se incrivelmente decepcionado. Foi seu irmão quem lhe salvou.

— O titio Marcos não convive com crianças e, portanto, ele não sabe fazer essas palhaçadas! Deixem ele em paz.

Uma nova imitação surgiu naquele pai bem-humorado e com ela as gargalhadas de há pouco. A graça havia sido restabelecida, mas não para Marcos, que se sentiu sem um pingo dela. Dedicou tempo demais conversando apenas com adultos. Não sabia mais conversar com parentes e lidar com crianças.

O balé dos pais

Marcos se mostrou disposto a ajudar com a louça, mas Bia educadamente não deixava. Ricardo subira para colocar as crianças na cama e a sua esposa raspava os restos de comida dos pratos para colocá-los na lava-louça.

Pouco tempo após, Ricardo desceu as escadas e passou automaticamente a ajeitar a mesa de jantar, recolhendo a toalha de mesa, guardanapos sujos e alguns copos que foram espalhados por diferentes pontos da casa pelas crianças. Ambos pareciam ensaiados como um casal de bailarinos executando mais uma vez seu número de dança tantas vezes treinado.

Marcos deu espaço aos dois e assistia afastado aquele concerto. Eles tinham uma magia que os amalgamava. Tinham seus espíritos ligados por algo que Marcos não sabia identificar o que era.

Ao contrário dos momentos anteriores, pareciam agora aliviados e relaxados. Conversavam e mostravam-se carinhosos um com o outro. Estavam compreensivos e sem ressentimentos pelo tom de voz ríspido que usaram mais cedo, que era obra simples do desabafo e cansaço.

A postura deles exigia maturidade. Sabiam que o extravasar das emoções era o motivo em si das queixas, sendo que os significados das palavras ditas pouca importância tinham. Despeja-se a raiva em quem tem mais condições de aguentá-la. Era quase um ônus do cônjuge suportar sem reclamar, evitando a potencialização dos sentimentos. Compreendiam-se e pareciam aceitar que eventuais momentos de grosseria e raiva eram indispensáveis para se manter a sanidade em meio a uma rotina tão exigente. Depois, com o espírito purificado da ira, a normalidade e o bom relacionamento voltavam entre os dois sem a vaidade ou orgulho de condicioná-los a um pedido de desculpas. Como dito, exige-se maturidade. Não é para qualquer um.

Ricardo abriu uma garrafa de vinho e ligou o rádio bem baixinho. Enfim, ouviam música para adultos, mas com moderação para não acordarem as crianças. Poderiam agora conversar sem interrupções. Olhariam nos olhos do visitante sem preocupações com os filhos. Não dividiriam a atenção desproporcionalmente entre as crianças e Marcos.

O casal o convidou para ir ao quintal, onde deitaram em espreguiçadeiras colocadas à margem de um extenso gramado iluminado onde se viam brinquedos espalhados e bolas furadas pelos cachorros. Incrivelmente, até mesmo estes tinham se acalmado. Agora estavam deitados próximos aos donos e recebiam carinhos serenos. Nem eles pareciam ressentidos com a insanidade daqueles humanos, que poucos momentos antes faziam discursos de arrependimento por terem cachorros.

A noite estava linda e fresca. Marcos estava cansado da longa viagem, mas sentia que aqueles momentos descansariam mais seu espírito do que uma boa noite de sono. Não tinha se dado conta de que sentia tanta falta de ter contato com familiares, então ficou de bom grado.

O papo fluía solto. Marcos falou pormenorizadamente sobre sua vida no Brasil. Queria parecer neutro e despretensioso na narrativa, mas percebia-se uma romantização das histórias, que ganhavam detalhes saborosos para serem degustados pelos ouvintes. As partes feias de sua vida eram mascaradas ou simplesmente omitidas. Ele tentava seduzi-los elegantemente, sem críticas às suas vidas turbulentas, para que não se sentissem atacados e pouco receptivos às suas palavras.

O estranho é que Marcos não agia assim por egocentrismo. Assim falava como verdadeira defesa, mesmo não tendo sido acusado de nada. Nem ele sabia claramente, mas seu discurso era quase como uma justificativa por não estar casado e com filhos, como se devesse satisfações ao irmão mais novo e à cunhada. Dava ares de voluntariedade à sua solteirice; de ser uma escolha pessoal e bem pensada.

O viajante parecia estar sendo bem-sucedido, pois marido e mulher ouviam atentamente e pareciam desejar vida semelhante, a julgar pela avidez na escuta e pelo sorriso que mantinham fixo na boca. A Marcos, eles pareciam fantasiar dentro de suas cabeças uma vida sem responsabilidades. Uma vida voltada unicamente para si, sem filhos, contas caras e prazos curtos; sem compromissos profissionais ou conjugais.

No entanto, quando se punham a falar, mudavam o tema da conversa e a norteavam para a vida em família. Logicamente, não tinham histórias como as de Marcos, mas contavam as suas com a mesma empolgação. Falavam sobre as travessuras de Cris e da criatividade de Sara. Riam sinceramente das gracinhas das crianças e da força de espírito que cada um trazia desde o nascimento, usando de artimanhas para terem as vontades atendidas. Mostravam fotos no celular de apresentações dos filhos na escola. Vangloriavam-se de como aprenderam bem o inglês, quase não sendo descobertos como estrangeiros pelos próprios australianos. Os pais comungavam da alegria e dividiam as histórias entrelaçando as narrativas quase como em um jogral.

O hóspede pôde, então, perceber que presenciava um companheirismo singular. O casal compartilhava muito mais que uma casa ou uma cama. Compartilhava um propósito de vida; um objetivo comum. Ambos se esforçavam para garantir o melhor para os seus filhos, seja em termos sentimentais e de convivência no lar, seja em termos financeiros. Para Marcos, fez sentido a expressão "sociedade conjugal", pois, via ali a união de esforços entre dois sócios para atingir uma meta comum.

Ora, Ricardo não deixou de ser vaidoso. Apenas percebeu que sua vaidade era menor que o desejo de suprir as necessidades dos filhos.

Bia, de seu lado, ainda tinha o desejo de pintar as unhas e se arrumar. Apenas havia decidido doar seu tempo à família, colocando vontades pessoais em segundo plano.

A alegria percebida por Marcos era a satisfação dos pais de terem cumprido as tarefas de mais um dia. De terem se doado para algo maior. Marcos lembrou de uma frase que havia lido em algum lugar. Algo que dizia que a verdadeira felicidade só é encontrada quando os esforços são voltados para a felicidade dos outros.

Os dois eram quase como integrantes de um time engajado, que, para ganhar um jogo difícil, esquecem as diferenças particulares, unem esforços e se doam ao máximo, cada um assumindo seu papel na equipe sem contestar. Ao final, quando o jogo está ganho, todos se abraçam e esquecem a tensão de antes. São tomados por um estado eufórico e nem lembram das discussões que tiveram durante a partida.

Estava revelado o mistério. O que unia singularmente aquele homem e aquela mulher era esse espírito de equipe, que fortalecia o amor que tinham um pelo outro, suprimindo o desejo individual de fazer prevalecer sua própria vontade. Não há herói e vilão; não há protagonista ou figurante; não há vencedor e vencido. Cada um deles era apenas uma parte do todo. Já eram incapazes de ver a sua própria história individualizada. Qualquer ponto do passado, do presente ou do futuro era sempre visto como uma vida compartilhada, sem vitórias pessoais.

Marcos percebeu, ao fim, que não tinha nenhum mérito. Fingia ter escolhido a vida que tinha, mas percebeu que o oposto era mais verdadeiro. Eram aquelas duas pessoas que fizeram uma verdadeira escolha. Podiam ter a mesma vida de aventura e liberdade de Marcos. Apenas decidiram que não era isso que almejavam, porque visavam a algo maior. A felicidade dos filhos era o que importava-lhes. Carregavam no DNA um ímpeto de formar seres humanos melhores do que eles próprios, dando sua contribuição ao mundo, quase como um legado.

Olhando para o teto

Marcos fizera uma longa viagem, mas parecia serem aqueles pais que precisavam de um verdadeiro descanso. Suas rotinas recomeçariam dali a poucas horas e precisavam recarregar as baterias para que aguentassem um novo dia com um mínimo de sanidade. O hóspede então teve sensibilidade e propôs que fossem dormir.

Marcos se recolheu no quarto que eles haviam lhe preparado e, estranhamente, não conseguia dormir. O incomum silêncio da casa lhe deu cenário para que olhasse para o teto e divagasse em pensamentos, inventariando a própria vida. Lembrava da conclusão que teve momentos antes, sobre como a situação era reversível para seu irmão e, mesmo assim, ele resolutamente se mantinha em meio ao caos. Bastava que deixasse o lar, virasse as costas para a família e se entregasse novamente ao mundo, como tantos pais menos responsáveis acabam fazendo. Assim não agia por ter coragem e retidão. Seu irmão mais novo era realmente um bom homem.

Olhando para si mesmo, no entanto, percebeu que não tinha nenhuma possibilidade de mudança. Ainda que quisesse levar uma vida como a de Ricardo, precisaria de uma ajuda do destino para que lhe fosse trazida uma pessoa com o mesmo propósito. Dependeria, também, de tempo. Aquele império construído pelo irmão demandava anos de intimidade e convivência. Ademais, filhos não surgiam na vida das pessoas como aparecem em capítulos de livros. A vida não pode ser rapidamente folheada. Antes, havia tentativas frustradas de gravidez e, por fim, quando esta ocorria, existia a vigília tensa durante os meses anteriores à chegada do bebê.

Tempo. Maldito tempo. Um verdadeiro paradoxo. Às vezes, é tudo que queremos. Basta que não desejemos que uma situação acabe para que ele aperte o passo. No entanto, quando almejamos algo, esperá-lo é simplesmente insuportável. Sim, o tempo é mesmo relativo, mas é também odioso. Dificilmente obedece ao nosso ritmo. Não espera que fiquemos prontos para mudanças, arranca-nos momentos felizes e, pior, não pode retroceder.

Pouco antes de se entregar ao sono, Marcos concluiu que tivera escolhas. Contudo, havia sempre interrompido relações passadas que pudessem levá-lo à vida que o irmão tinha. Afastou inúmeras pessoas quando a intimidade começava a surgir, atribuindo-lhes defeitos ou julgando-as triviais e fúteis. Conformou-se novamente sobre a voluntariedade de suas atitudes.

Agora, no entanto, sozinho naquele quarto do outro lado do mundo, não sabia dizer ao certo o motivo de nunca ter quisto vida semelhante à do irmão (ou da maioria das pessoas).

Sim, a viagem não havia lhe trazido paz de espírito como planejara. Trouxe dúvidas, confusão e inquietação. Sentia-se, de alguma forma, vazio e sozinho. Ainda mais porque, dentre tantas pessoas que conheceu, uma em particular não lhe saía da cabeça e que, talvez, tenha sido a mais desequilibrada delas.

Ananda cismava em tomar seus pensamentos. A vida dele havia sido reduzida a pó devido aos atos daquela mulher. Perdeu o emprego e a vontade de ficar em São Paulo. No entanto, ela foi a semente para essa árvore que crescia em seu espírito. Foi ela que o fez repensar a própria trajetória ou se afastar dela. Ora, veio visitar o irmão justamente devido à insistência daquela desvairada, que agora devia estar entristecida e arrependida lá em São Paulo pelo papelão que ambos passaram.

Não conseguia entender seus próprios sentimentos. Não sabia porque aquela mulher descontrolada sempre surgia na sua cabeça nos momentos de silêncio. Talvez porque sentisse dó; talvez porque lembrasse sua cunhada, que sempre fora tida por Marcos como exemplo de companheira; ou talvez fosse porque nela Marcos pôde sentir um amor legítimo e desesperado. Um amor indomável e incondicionado. Sentiu que ela se entregaria totalmente a ele, suprimindo a própria vaidade, como, aliás, havia feito naquela cena ridícula no banco.

Sem vaidade! Estava aí a chave. Talvez o verdadeiro amor consiga suplantar o orgulho próprio. Talvez por isso ela diferisse das ex-namoradas de Marcos. Não que estas não tivessem apresentado momentos mais ríspidos e até mesmo mais violentos quando do término dos relacionamentos. Contudo, os episódios nunca eram públicos. Certamente, passado o momento inicial de dor, elas deviam negar que tivessem implorado por ele, preservando o próprio orgulho perante seus conhecidos.

Ali, sozinho naquele quarto, Marcos havia alcançado outro nível, pois pensava diferente sobre as relações. Era a primeira vez que não considerava apenas o que sentia pelas pessoas. Agora valorizava também o que as pessoas sentiam por ele.

O jogador no banco de reservas

O visitante desejava ficar uma semana. Já permanecia por pouco mais de mês. Pensava em ir embora porque sentia que poderia se transformar em um peso aos familiares. Afinal, mesmo pagando uma coisa aqui outra ali, era inegável que um habitante a mais na casa aumentava todas as despesas.

O engraçado é que o sentimento era apenas interno. No cotidiano, sentia-se acolhido. As crianças passaram a ver graça nele. Começava a saber lidar com elas. Em termos de parentesco, Bia era a mais distante dele naquela casa. Era a única com quem não tinha laços sanguíneos. Ainda assim, não transpareceu em nenhum momento que ele fosse um estorvo. No fundo, Marcos sentiu cumprir uma função útil por ali. Era, para eles, quase como um censor. A sua presença fazia com que as discussões fossem menos acaloradas e os gritos fossem quase como uma conversa um pouco mais exaltada. Os familiares esforçavam-se para sorrir e fingiam que os problemas internos e as discórdias não existiam. Todos eram mais polidos e bem-humorados. Logicamente, a positividade constante era artificial, mas teve o benefício de torná-la hábito na família, internalizando-a com o passar dos dias. Marcos acabou por afetar a rotina daqueles parentes, que traziam agora mais placidez.

Sob outra ótica, podia-se dizer que Marcos vivia, enfim, uma vida em família como há muito não experimentava. Talvez desde a morte de sua mãe, que abalou as estruturas familiares, Marcos não sentia tamanho pertencimento. Ao medroso por intimidade, esse foi um sinal claro de que aquilo tinha que ser interrompido. Não gostava de atrelar a sua felicidade à presença de outras pessoas. Teria que voltar para São Paulo.

Porém, cá entre nós, havia algo mais que amedrontava aquele solitário rapaz. Ele passou a sentir um legítimo interesse por Bia e aquilo o aterrorizava. Enxergou nela a sua Ananda, porém amadurecida e mais pronta para um relacionamento.

A sua sorte é que não havia reciprocidade. Bia não parecia ter qualquer interesse por ele. Se tivesse, temia pelo que poderia acontecer. Embora sua integridade fosse mais forte que seu desejo, podia dar poucas garantias de que situações constrangedoras não viriam a acontecer. Seus olhares poderiam ser notados em algum momento. Talvez, com o tempo, não conseguisse mais disfarçar o sentimento proibido que vinha nutrindo. Queria fugir de lá antes que a situação se tornasse constrangedora ou até mesmo incontrolável e catastrófica.

Observe, leitor, que estamos distantes da situação e podemos olhar de longe os envolvidos, como se olhássemos para uma maquete. Todavia, viver a situação é completamente diferente. Quando estamos nela, não observamos o todo. Tentamos dar linguagem consciente a sentimentos do subconsciente, sentimentos estes que são tão complexos e incompreensíveis que não podem ser colocados em palavras.

A forma de pensar do subconsciente é ininteligível para nós mesmos. São as nossas tentativas de controlá-lo que deturpam nossos desejos mais íntimos, causando-nos problemas de toda ordem.

O que Marcos sentia não era desejo ou amor por Bia. Ele não percebia que o que desejava era uma vida semelhante à de Ricardo, mas tinha medo de perder a liberdade. Simples assim. Como atribuía seus insucessos amorosos à inaptidão das parceiras, fácil ao seu intelecto egoísta atribuir que, se tivesse alguém como Bia, a felicidade poderia, enfim, alcançá-lo.

Marcos era incapaz de enxergar que também era responsável pelo fim de seus relacionamentos. Carregava uma presunção de ser bem resolvido nos assuntos de sentimento simplesmente porque, no final, suas mulheres ainda se mantinham interessadas por ele. Sentia-se maduro em termos de relacionamento porque se sagrava vencedor nesse braço de ferro, nessa disputa de "quem-gosta-mais-de-quem". No entanto, relacionamento não é um jogo de forças, que só segue dando certo enquanto há empate técnico. Não há vencedor e vencido.

Bom, é verdade que há sempre aquele que é mais forte e inteligente. Aliás, é este quem segura firme o leme e mantém o barco na rota de um casamento feliz. Ele se resigna com os defeitos do parceiro, aceita suas falhas e colabora silenciosamente para que estas um dia desapareçam ou, pelo menos, diminuam a ponto de não mais incomodarem. Lógico que não se pode aceitar o absurdo, como agressões físicas ou falhas graves de caráter, mas os problemas de temperamento comuns são suportados como um fardo necessário para um relacionamento duradouro. Em certo momento, o forte se conforma e deixa de buscar ou desejar outra pessoa à sua altura. Assenta-se na relação e alcança a felicidade.

O engraçado de tudo isso é que o desequilíbrio de forças na relação é perceptível a todos, menos ao mais fraco. Ele acredita — ou finge acreditar — que tem controle sobre as decisões do casal. Assim segue durante a vida, pois se a submissão fica evidente para si e para os outros, ele pode vir a se tornar vaidoso e pouco colaborativo, como um filho adolescente que fala mais alto que o pai em autoafirmação, criando instabilidade na convivência.

É trabalho de ambos, portanto, manter esse desequilíbrio de forças escondido nas discussões. Fica subentendido e nunca é evidenciado, sob pena de abalar o ponto de equilíbrio da boa convivência.

Naquela relação, podia-se ver que Ricardo era quem recebia as cartas do baralho para que o jogo começasse, nunca as dava. Bia liderava e, como uma maestrina, mantinha a família concertada e caminhando no ritmo da música. Por enxergar isso, Marcos passou a imaginar que poderia substituir o irmão, trazendo maturidade ao relacionamento. Era como um jogador que se sentia injustiçado por estar no banco de reservas, pois imagina ser muito melhor que aquele que está no time titular.

Isso era apenas uma ilusão. Marcos mal detinha esse conhecimento divino de que para se amar e continuar amando alguém há que se esforçar. Não é como se apaixonar. A paixão é espontânea e quase imediata. É inflamada e facilmente perceptível. O amor é deveras diferente. Prescinde da paixão, que pode ou não precedê-lo. Ele é um sentimento poucas vezes inato ou espontâneo. Precisa ser alimentado. Cresce com o tempo e com a dedicação. Assim como uma pedra bruta, que é cuidadosamente polida para obter valor, o amor é muitas vezes descoberto em meio às impurezas, tendo sido meticulosamente lapidado. Exige cuidados para manutenção. Apenas ao final alcança um valor inestimável e perene. No meio do caminho pode se perder ou ser desprezado pelo não reconhecimento, assim como um garimpeiro desatento pode descartar um diamante de valor imensurável jogando-o no rio por julgar que é apenas uma rocha ordinária. Para amar de fato há que se ter amadurecimento da alma.

Por não reunir esse conhecimento celestial, Marcos enxergou sua felicidade com o esforço desinteligente da simples troca de personagens. Via uma relação que estava dando certo e simplesmente se imaginava nela.

Com esse raciocínio, bastava-lhe cavar um lugar para si naquele casamento, jogando de lado aquele corpo que não pode ocupar o mesmo lugar no espaço. Simples substituição.

Veja, leitor, Marcos não buscava deliberadamente substituir o irmão. Isto era moralmente abjeto. Ultrapassava todos os limites do bom senso. Contudo, isto, que fique claro, era seu pensamento consciente no comando. Este nos traz valores e julgamentos.

Nosso subconsciente não conhece bondade ou maldade; certo ou errado. Conhece apenas o instinto de sobrevivência, procriação e o medo da morte, que tomam formas menos evidentes nas complexas relações humanas. Por isso, quando seu subconsciente tomava liberdade nos sonhos, solto das rédeas de seus valores pessoais e freios morais, era Bia quem Marcos via nua debaixo de seu corpo. Por vezes, acordou durante a noite assustadíssimo com as visões. Contudo, a frequência dos sonhos passaram a convencê-lo de que, talvez, podia haver ali algo predestinado; de que o irmão não fosse bom o suficiente para ela. De que Bia merecia, por natureza, alguém melhor.

O subconsciente sempre vence. Para ser atendido ele manipula nossos valores e engana nosso estado de vigília. Arranja motivos variados para explicar os sentimentos, transmuta intenções e, na maioria das vezes, não enxergamos o óbvio.

O que movia Marcos não era Bia e o formato do relacionamento deles. Era a inveja. Era o ciúme. Era a competição!

Como podia seu irmão mais novo ter achado a felicidade e ele não? Como podia ter construído uma vida que, aos olhos de seus pais, seria melhor que a que levava o filho mais velho?

Lutavam em sua mente o instinto de sobrevivência e de reprodução, transmudados em paixão pela cunhada, e o medo da morte, figurativamente atribuído àquela luta entre dois homens iguais em que Marcos claramente perdia para o irmão.

Se tivesse inteligência suficiente, Marcos teria identificado o verdadeiro motor de seu desejo, evitando o risco de destruir vidas unicamente para ser egoisticamente vencedor.

Ressurgiu o Marcos de sempre, aquele conquistador discreto e que tentava fechar o buraco de sua alma com uma nova aventura amorosa.

Tempo para si

Marcos era para Bia um hóspede. Sentia o natural desconforto com sua presença em casa. Podava-se em sua naturalidade e rotina, deixando de agir naturalmente porque havia um estranho em seu ninho.

No entanto, não chegou ao ponto de se incomodar e querer que Marcos fosse embora. Com o passar dos dias, o jeito polido e educado de Marcos trouxe benefícios à sua casa. Agora as crianças tinham contato com mais um adulto decente. Ele passou a se envolver com as crianças e boa parte de seu tempo lhes era dedicado. Desenvolveu rapidamente uma habilidade para lidar com os filhos do casal. Sara e Cris ficavam calmos com ele. Por vezes, sentavam próximos do tio e escutavam o que ele tinha a dizer.

Marcos colaborava com a rotina da casa. Ajudava na limpeza e até cozinhava vez ou outra. Mostrou um lado engraçado que passou a ser admirado pelas crianças. Essas agora riam sinceramente de seus gracejos. Ele não trabalhava, então estava sempre disponível para elas. Faziam guerras de bexigas cheias de água no gramado do quintal e andavam de bicicleta nas ruas. Ele também tinha o poder de trazer os filhos dela para dentro de casa e se sentarem para fazer a lição da escola. Marcos os ajudava e explicava temas de história mundial com uma performance quase teatral, que prendia a atenção de Sara e Cris.

O hóspede chegou ao ponto de dar banho nos cachorros, que passaram a segui-lo como se fossem sua sombra. Estavam menos elétricos, pois passeavam duas vezes por dia, voltando exaustos após andar tanto naquele calor das ruas. Eles passaram a dormir no quarto de

Marcos, deixando Bia e Ricardo enfim sozinhos na cama de casal, sem aquele peso de dois cachorros prendendo o cobertor. Não tinham essa sensação há anos.

No final das contas, era bom ter Marcos ali. Sobrava tempo para Bia, que agora podia se dedicar um pouco mais a si. Vejam só que ela conseguiu ler um romance inteiro em uma semana! Esse livro estava no seu criado-mudo há dois anos. Ela vinha lendo uma página por mês. Isso quando conseguia terminá-la antes de dormir. Agora deitava-se mais cedo porque inúmeras vezes foi Marcos quem organizou a cozinha depois do jantar, isso quando não era ele mesmo quem o preparava.

Marcos também tinha o hábito de colocar um pouco de música na casa. Foi tomando liberdade para mexer no rádio. Ajustava-o para tocar músicas alegres, que logo deixava o ar mais leve na casa. As crianças brincavam e dançavam com o tio. Brigavam menos, pois tinham sempre um adulto entre elas.

Bia agora podia se arrumar mais. Tinha tempo de ir à manicure uma vez por semana. Voltou a fazer pilates e dormir oito horas por dia. Ia ao shopping e ao supermercado sozinha. Ocasionalmente, tinha até a televisão só para ela.

Marcos definitivamente fazia bem à família. Secretamente, desejava que ele não voltasse para São Paulo tão cedo, embora tenha começado a notar um interesse perturbador no cunhado. Sentia-se desconfortável quando só os dois estavam em casa, pois sentia uma vibração estranha em Marcos.

O convite para viver na Austrália.

Ricardo tinha aquela boa sensação de tudo estar ajustado no mundo. Sua casa tinha mais placidez e agora tinha convivência diária com o único integrante de sua família biológica.

As pessoas precisam disso. Para serem adultos realizados, precisam carregar algo da infância na vida adulta. Precisam se lembrar de que já foram diferentes; que passaram por uma fase de desenvolvimento. As pessoas precisam de algo que as façam lembrar de momentos mais simples, em que a felicidade era encontrada em coisas como um dia de brincadeira na chuva ou no desembrulhar de um "videogame" no Natal. Para a maioria delas, os irmãos são o caminho mais curto para essas lembranças. Afinal, dividiram-nas. Para outros, menos afortunados, há sempre um objeto material, que é quase como um amuleto. Às vezes, trata-se de uma pelúcia trazida para a vida de adulto, mas envergonhadamente escondida no armário, ou um cobertor infantil muito envelhecido, que reforça desproporcionalmente o edredom sério que cobre a cama de casal.

Lógico que Ricardo não deixaria Marcos em sua casa. Bia não ficaria à vontade com isso. Ele a conhecia e sabia que sua hospitalidade já estava no final. Ele teria que ficar em algum outro lugar, mas tinha que ser próximo.

A intenção dele era conquistar o irmão para que permanecesse na Austrália. Nada mais o prendia em São Paulo. Por que não alugar uma casa próxima dali ou, talvez, até na mesma rua? Seria ótimo para as crianças e para ele próprio. Sentia falta de conversar com alguém. Sentia falta daquele tilintar de "long necks" de cervejas recém-abertas. Os homens ainda são primitivos de certa maneira e os rituais são parte de sua existência.

Pensando friamente, não havia mesmo motivos para Marcos voltar. Logicamente, ele estava mais sozinho lá do que Ricardo aqui, com sua esposa e filhos. O hóspede falava inglês muito bem e poderia ter uma colocação profissional rapidamente. A permanência legal no país não seria nenhum problema, pois poderiam ajeitar isso. Ademais, Ricardo adorava aquele lugar. Pensar que, enfim, teria conseguido trazer todas as pessoas que ama para lá era um acalento para o coração.

Ricardo pensava tudo isso enquanto voltava para casa. Recebera um telefonema que vinha aguardando. Um corretor de imóveis havia lhe contatado, dando-lhe a feliz notícia de que uma casa na mesma rua, a cem metros de distância, tinha vagado. O dono pedia um valor bem baixo de aluguel, pois tinha pressa.

Ricardo ligou para sua casa minutos antes para falar com Marcos, mas ele não estava. Bia disse que ele tinha ido ao centro da cidade comprar roupas, pois estava cansado de ter tão poucas nas malas. Era um sinal perfeito. Parecia que o irmão pretendia mesmo ficar ali. Tudo se encaixava. Quando chegasse lá, Ricardo e Bia estariam sozinhos em casa e o marido poderia convencer a esposa de que era uma boa ideia o incentivo para que Marcos ficasse por ali. Certamente, precisariam ajudar o parente nos primeiros meses com as despesas, pois ele não estava trabalhando, mas por telefone não seria o melhor jeito de tratar sobre esses assuntos. Algumas conversas precisam de olhos nos olhos e mãos dadas.

Se Ricardo conseguisse convencer Bia, aguardariam Marcos chegar do shopping e o levariam para conhecer a casa antes mesmo da saída da escola das crianças. Ele estava eufórico com a possibilidade e extremamente confiante de que daria certo. Já conseguia visualizar o sorriso no rosto do irmão, certamente cansado da vida de solidão no Brasil, principalmente vivendo naquela casa, que guardavam todas as lembranças do passado.

Ricardo entrou em casa apressado. Subiu correndo as escadas para falar com a esposa. Quando abriu a porta do seu quarto, não sabia se estava ofegante pela falta de exercícios ou pelo que via. Sua esposa estava seminua embaixo de Marcos.

Marcos estava com sua esposa.

Na sua cama.

Na sua casa.

Na sua vida.

Um jeito novo de olhar

Bia não sabia dizer o que tinha acontecido. Não lhe era claro o momento em que aquele estranhamento com os olhares de Marcos começaram a lhe parecer um convite tentador para o pecado. Talvez a resposta estivesse em como ela vinha se sentindo nos últimos dias.

O ser humano é vaidoso. Nós nos apaixonamos pela pessoa que nos vê como sendo melhores que somos — ou do que nos sentimos. Foi exatamente esse poder que Marcos teve em Bia.

Ela era de fato uma mulher bonita. No entanto, não se sentia mais assim. Entre preparar o almoço aqui, lavar a roupa ali e limpar a casa em todo lugar, a beleza autêntica de Bia se perdeu. Digo autêntica porque a verdadeira beleza nasce na autoestima. Sentir-se belo é um pré-requisito para que os outros tenham a mesma opinião. A autoestima dela precisava de estímulo, que acabou vindo do cunhado.

No começo, aqueles olhares a constrangiam. Todavia, com o passar do tempo, acabaram por lisonjeá-la.

Antes de Marcos chegar, tudo que Bia enxergava no espelho era uma mulher de meia-idade, com cabelos quebrados e corpo indefinido. Sua barriga agora tinha cicatrizes de gravidez. Suas pernas e quadril não tinham mais o formato de outros tempos e seus seios só se mantinham no lugar quando sustentados pelo arame do sutiã.

Tudo bem, seu marido a desejava, mas que escolha ele tinha? Na cabeça dela, Ricardo a queria porque era a única mulher acessível. Seu desejo não era devido à sua aparência, mas sim pelo seu contato e conveniência.

Bia já havia se conformado que seu momento de arrancar olhares dos homens havia passado. Ela percebia isso nas ruas, no supermercado e no shopping. Quando perambulava fora de casa, quase ninguém a olhava. Quando a viam, pareciam olhá-la com curiosidade, não com desejo.

Ela amava seus filhos e não conseguia mais imaginar sua vida sem eles. Isso não quer dizer, no entanto, que não sentisse saudade de outros tempos. Como era bom sentir-se bela, perfumada e desejável. Como era bom o poder da escolha! Sim, da escolha. Na juventude, quando andava de mãos dadas com Ricardo nos bares paulistanos, estava com ele porque o escolhera. Caso pensasse diferente, podia estar com qualquer outro de lá. Todos a queriam. Ela sentia isso nos olhares discretos que os homens lhe dirigiam.

No fundo, lamentava ter começado a namorar tão cedo. Veja bem, não lamentava ter namorado Ricardo. Ele era realmente um homem maravilhoso. Bia lamentava apenas o fato de ele não ter surgido na sua vida mais tarde. Ela queria ter vivido outras aventuras. Queria ter vivido descobertas. Queria ter conhecido outros homens.

Sim, plural! Sua vida inteira havia sido no singular. Ricardo foi o único homem que amou. Só conhecia o sexo com ele. Sua avaliação de como seria ter um homem diferente surgia apenas das páginas de livros que lia e das conversas com as amigas. Estas, por vezes, pareciam ter vidas bem mais vividas que a sua.

Bia estava isolada. Vivia em um mundo de cinco habitantes. Agora seis, com a chegada de Marcos. Sua última convivência com vários adultos se deu no trabalho, que havia abandonado "temporariamente" para cuidar dos filhos pequenos. Amava sua vida de mãe, mas odiava o formato que ela tinha. Sim, um paradoxo. A verdade é que não aguentava mais não poder pensar em si. Tudo que fazia era para os outros. Cozinhava pensando no que as crianças gostavam de comer. A compra de roupas tinha os filhos e o marido como prioridade. Até mesmo sua agenda era ditada pelas necessidades dos familiares.

Marcos foi uma novidade na vida de Bia. Agora tinha outro homem em casa. Ele era o irmão mais velho de seu marido e trazia com ele todas as implicações disso. Desde sua adolescência, Bia o enxergava como um homem mais maduro. Uma versão mais experiente de seu namorado. Secretamente, apostava em Ricardo porque projetava que ele seria sempre como Marcos, apenas dois anos atrás. Este era bem-sucedido no serviço. Era inteligente e responsável. Falava com polidez e elegância. Ricardo era mais espontâneo, brincalhão e inconsequente. No entanto, Bia apostava que a maturidade lhe deixaria igual ao irmão.

O que ela não entendia é que Ricardo não estava passos atrás de Marcos. Ele era, simplesmente, diferente. Assumia um modelo de vida mais conformista. Recebia de braços abertos o que destino havia lhe oferecido. Era agradecido por tudo que tinha.

No fundo, esse jeito passivo incomodava Bia. Ela queria um marido mais ambicioso; que buscasse sempre novos desafios. Marcos ali, naquela casa, era quase como um "post-it" na geladeira lembrando-a que Ricardo era acomodado e pouco criador do seu destino. Ele não lia, não se informava e não buscava novas experiências. Depois que as crianças dormiam e a casa estava arrumada, Ricardo se entregava ao sofá. Em certos momentos, parecia um urso de pelúcia enorme e imóvel de frente para a televisão.

Bia começava a não admirá-lo mais. Marcos falava com entusiasmo do futuro. Ricardo apenas falava do passado. Ela começou a temer que sua vida fosse para sempre aquilo ali, imaginando que o tempo em que seu marido passava no sofá tenderia a aumentar na medida em que os filhos demandassem menos deles.

Ela não fez conscientemente, mas começou a se arrumar para Marcos. A Austrália é um país quente. Portanto, usar roupas curtas, por vezes, é uma necessidade para se manter a sanidade. Caso notassem uma mudança de comportamento nela, diria que Marcos agora era um membro da família e já se sentia mais à vontade com ele em casa.

A questão é que as roupas curtas não eram aquelas gastas de outrora. Eram novas, recém-adquiridas no shopping. Sim, Bia nem se lembrava da última vez que fora ao shopping para comprar algo para ela.

Mesmo em casa, Bia agora sempre estava com uma maquiagem leve. Apenas rímel e um batom quase imperceptível. Mas que diferença fazia em seu rosto!

Tinha unhas pintadas. Inclusive as dos pés, que não calçavam mais chinelos sujos e gastos. Agora andava sensualmente descalça pela casa. Sim, ela tinha pés bonitos e sabia que Marcos reparava neles. Por prevenção, agora eles estavam sempre bem cuidados e macios.

Seus cabelos também passaram a merecer atenção. Sua preocupação não era mais Ricardo e o seu travesseiro. Lavava-os agora no banho da manhã, não no da noite, para que passassem o dia cheirando o perfume do xampu e condicionar caríssimos que resolveu comprar.

No começo, era uma provocação inocente. Não almejava nada mais do que ela. Queria se sentir sexy apenas. Era bom se sentir desejada novamente. Contudo, com o passar dos dias, sentir-se sexy não era mais suficiente. Passou a realmente desejar o hóspede, mas este ainda se mantinha distante.

O que ela sentia era muito errado. Afinal, desejava o cunhado. O irmão de seu marido, que vivia agora na sua casa, mesma em que viviam seus filhos!

Seria tão bom se não fosse ela que tivesse que dar o primeiro passo para saciar esse desejo. Seria incrível se Marcos tomasse a iniciativa do pecado. No seu subconsciente, isso diminuiria a sua culpa. Sairia da posição de conquistadora e se tornaria a conquistada. Seria quase como uma vítima sem alternativa. Mas isso era uma mentira descarada. Ela vinha tentando seduzi-lo. Tentou deixar a situação incontrolável para ele. Sabia que o instinto sexual devia ser mais forte nele, mesmo porque aquele homem devia estar sedento por sexo. Chegou ao desespero de começar a esbarrar "acidentalmente" nele, mas, aparentemente, sua honra era mais forte. Ele nada sentia, ao contrário dela, que, com o toque, sentia seu corpo eletrizado.

A sedução de Bia

Crianças na escola. Ricardo na empresa. Marcos lavava a louça do café da manhã. Na noite anterior, no jantar, ele avisara à família que estava pensando em voltar para São Paulo na semana seguinte. Já estava até cotando passagens aéreas. Portanto, o tempo de Bia estava acabando.

A partida de Marcos trazia conforto e urgência. Aquela tentação sairia de seu alcance. Porém, talvez pudesse ser atendida e esquecida por ambos. Seria uma experiência passageira de poucos dias. Talvez fosse suficiente para esvaziar seu desejo e permitir que ela voltasse a viver sua vida de deveres com a família. Estaria saciada. Teria conhecido outro homem e a curiosidade acabaria.

Ela estava no quarto, no andar de cima, e ouvia o barulho da água na pia da cozinha. Decidiu realizar uma manobra arriscada. Fingindo ter que ir ao shopping, ela desceria para pegar uma calça que estava na secadora. Passaria por Marcos pedindo para ele não olhar para trás, pois estaria de calcinha.

Ela sentia a pulsação acelerada. Estava nervosa. Não sabia se deveria fazer aquilo, mas fez.

Desceu as escadas. Pés descalços. Camiseta branca de algodão, curta e colada no corpo. Vestia uma calcinha da mesma cor e do mesmo material. Estava cheirosa. Tinha acabado de sair do banho.

Da sala gritou:

— Marcos, por favor, não olhe para trás. Continue lavando a louça sem olhar para trás. Estou sem calças limpas para ir ao shopping. Tenho uma na secadora agora. Vou passar de calcinha por trás de você. Se olhar, será um homem morto.

Então ele respondeu:

— Talvez esse seja um bom motivo para morrer.

Lá da sala ela corou e sentiu o coração acelerar. Ele completou:

— Estou brincando, Bia. Pode vir. Jamais te desrespeitaria.

Ela passou. Passos leves e sensuais. O chão da cozinha estava gelado, ao contrário dela que estava quente. Marcos cumpriu a promessa. Ela passou por detrás dele e avançou para a lavanderia. Nada aconteceu.

Sorte dela ter mesmo uma calça na secadora. Abaixou-se para pegá-la, pois estava no fundo da máquina. Quando tirou a cabeça de dentro da secadora, viu Marcos encostado no batente da porta. Mãos molhadas da louça que lavava e um olhar penetrante.

— Bia, é exatamente por isso que tenho que voltar para São Paulo. Venho querendo você há algum tempo. Sonho com isso. Está mais forte do que posso suportar, tanto que não consegui ficar na cozinha, sabendo que você estava aqui. Peço desculpas. Talvez eu precise de milhares de quilômetros entre a gente para conseguir tirar você da minha cabeça.

— Eu também te quero, Marcos. Eu te quero agora, mas não podemos...

— Não disse que podemos. Disse que eu te quero. Apenas isso.

— Também me sinto assim, mas amo seu irmão.

— Eu também amo meu irmão, mas isso não é o suficiente para que eu deixe de sonhar com você quase todas as noites. Contudo, sei que é mesmo errado. Não podemos. Vou sair e dar uma volta. Esfriar minha cabeça. Depois termino de lavar a louça. Peço desculpas por vir atrás de você. Voltarei depois que você tiver saído. Verei se consigo comprar uma passagem para hoje de noite.

— Marcos...

— Oi?

— Deixa. Vai lá. Depois conversamos melhor.

O pecado

Desapontamento.

Esse era o sentimento de Bia. As coisas não saíram como ela planejava. Enquanto se arrumava no quarto para ir ao shopping, sentia a tristeza de não ter acontecido.

Antes, duvidava se o seu desejo era real e se o dele também era. Agora que as dúvidas acabaram, sobrava aquele sentimento incômodo de se ter perdido o que nunca se teve.

Ela o queria, mas não conseguiu. Ver ele admitindo sonhar com ela quase todas as noites fez bem ao seu ego. Todavia, não era mais apenas o seu ego que precisava ser saciado. Sentia um vazio no peito. Naquele momento, não passava na sua mente que era mãe e esposa. Ricardo e as crianças nem sequer existiam em sua cabeça. Parecia a estória de outra mulher. Agora ela voltara a ser adolescente e, tal como uma, não lidava bem com o não. Sofria com muita intensidade por não ter sido atendida.

Cabia-lhe apenas tentar esfriar a cabeça. Ir ao shopping não estava mesmo nos seus planos, mas, no final das contas, seria bom para seu espírito. Talvez até comprasse um presente de despedida a Marcos. A ideia lhe deu um frio na barriga.

Acabou de se vestir. Pensou em usar maquiagem, agora mais por hábito do que por provocação ao cunhado. Na hora que se debruçou na pia de seu banheiro para ficar mais próxima do espelho e passar o batom, perdeu o sangue das pernas ao ver o reflexo de Marcos entrando.

Não houve diálogo. Pelo menos não vocal. Todavia, seus corpos conversavam e falavam a mesma língua. Tinham o mesmo tom e esse tom era o do desejo incontrolável.

Ela se virou e caminhou na direção dele. Ambos se agarraram e se beijaram desesperadamente. Deram-se abraços atabalhoados. As roupas começaram a ser arrancadas sem cerimônia. Ouviu-se, inclusive, o som de alguma peça se rasgando. Não, isso não importava. Tudo que queriam era sentir a pele um do outro e tinham pressa.

Seminus, deitaram na cama com desespero. Bia sentiu a boca de outro homem. Nem conseguia lembrar a última vez que beijara na boca. Realmente beijado na boca. Tudo que tinha então era o breve encostar de lábios de Ricardo em chegadas e despedidas.

Agora, no entanto, ela tinha a língua de outro homem explorando sua boca. Mãos e dedos puxando seus cabelos. Apertões no seu corpo. O peso de outra pessoa pressionando-a contra o colchão.

Não havia pensamento; não havia remorso; não havia expectativas; não havia maternidade, obrigações do lar ou cansaço. Havia apenas vontade.

O mundo parara para Bia. O tempo igualmente. Apenas um de seus sentidos estava acordado: o tato. Não enxergava mais, sentia cheiros ou ouvia qualquer coisa.

Tanto assim que não escutou quando Ricardo entrou no quarto e os flagrou praticando o pecado.

Reações

E m momentos de estresse, não se pode prever reações. Às vezes, elas vêm em turbilhões. Às vezes, não são plurais.

As de Bia mudaram em segundos. Passou do desejo pelo cunhado ao pavor em instantes. Após, seguiu-se um arrependimento dolorido, que lhe embrulhava o estômago. Por fim, veio o medo. Enquanto se recompunha e se vestia apressadamente, deu-se conta do que havia perdido. Acabara por destruir um relacionamento de anos pautado principalmente no companheirismo e na confiança. Tudo o que queria do mundo era poder fazê-lo girar ao contrário para que voltasse no tempo em dez minutos. Talvez menos que isso. Esses poucos instantes de cegueira e insanidade destruíram sua vida. Perdia, naquele momento, Ricardo, o homem que verdadeiramente amava.

O desejo que sentiu por Marcos desvaneceu em instantes. A intensidade desse calor fortalecia agora outro sentimento, que era o de repulsa. Se pouco antes Bia atribuía ao descuido do marido o seu desejo de adultério, agora atribuía à falta de honradez e à cupidez do cunhado a responsabilidade por seu deslize.

Passava em sua mente o que seria agora da sua vida sem Ricardo. Imaginava o que seus filhos pensariam e já se esforçava para achar um meio adequado de conseguir o perdão do marido.

Ricardo ainda não processava o que vira. Lá, à sua frente, estavam os dois adultos que mais amava e mais confiava. Justamente eles o haviam traído. Sentia raiva e decepção com ambos. Contudo, o que mais lhe enchia o peito era a sensação de vergonha. Passou a pensar estar sendo enganado há tempos. "Será que é por isso que Marcos veio visitá-los?", cogitou. Ricardo conhecia o irmão. Por trás daquela cara de arrependimento, via-se uma frieza de cálculo.

Realmente, Marcos tentava se mostrar arrependido. Pedia repetidas desculpas, mas é fato que sentia algo dissonante da situação. Não sabia conscientemente, mas o que sentia era uma bem disfarçada satisfação de vencedor.

Sozinho no hotel

Marcos estava sozinho no quarto do hotel. Terrivelmente sozinho. Estava tão perto da única família que tinha e, ainda assim, sentia-se um órfão filho único. Sim, depois do que acontecera ali, definitivamente, Ricardo não o teria mais em consideração.

Não sabia bem porque fez aquilo. Definitivamente, não eram sentimentos por Bia, porque, depois do ocorrido, pensara unicamente no irmão. A cunhada era agora um borrão em seus pensamentos. Não ganhou protagonismo neles sequer por um instante. Nem, ao menos, preocupava-se se ela estava bem ou não. Só queria saber como Ricardo estava.

A verdade é que Marcos não queria ser pego. Ou será que queria? Não sabia dizer. Isso porque, ao mesmo tempo em que se sentia arrependido e triste, trazia consigo um gosto amargo de vitória. Que vitória era esta?

Esse pensamento ainda não havia sido reconhecido por ele. Talvez nunca viesse a ser. Contudo, como já sabemos, Marcos trazia frustração e ciúmes de Ricardo, seu irmão mais novo, por ter alcançado uma felicidade que ele era incapaz de construir.

Felicidade é um sentimento interessante. Para os maduros de espírito, é um sentimento de satisfação raramente pleno. Ela, para aqueles que souberam extrair da vida as lições necessárias, é um sentimento sutil, apenas perceptível com esforço e foco. Tal sentimento é dificilmente reconhecido no presente. Sempre se mira o passado ou o futuro para que seja enxergada.

A vida não é monocromática. Ao lado de pinceladas coloridas, o quadro da vida recebe também cores sombrias. Se alguém espera que a felicidade seja como um quadro colorido e plácido de Monet, passará sua existência sem ter gozado da felicidade, lamentando apenas pelo passado não aproveitado. Será aquela pessoa que usa a famosa frase "eu era feliz e não sabia".

O mérito dos evoluídos é perceber por detrás dos problemas cotidianos os tons de felicidade que colorem nossos dias e os deixam mais leves.

Ricardo era evoluído. Por debaixo daquele caos de compromissos familiares, berros e discussões triviais com a esposa, ele enxergava a beleza de ter dois filhos saudáveis e uma mulher inteligente e linda.

Por trás dos boletos de financiamento, ele enxergava a benção de ter conseguido aqueles bens que agora com custo pagava, como sua bela casa e seu carro grande e quadrado.

A felicidade também existia por ter uma empresa estável, que lhe permitia dar conforto à família. Seus filhos estudavam em uma boa escola e nada lhes faltava.

Ricardo também se sentia feliz por ter encontrado uma amiga de alma, que dividia o peso da jornada pela vida. Ter encontrado o seu amor ainda tão novo era, no seu ponto de vista, uma graça divina, pois poderia desfrutar dessa parceria por muitos anos.

Todavia, pessoas como Ricardo são a minoria. O que prevalece no mundo são as pessoas que só enxergam a felicidade dos outros, comparando-a à sua própria vida. Para eles, as pessoas são divididas em dois grupos: as que são mais e as que são menos felizes que eles próprios. Para a maioria, o conceito de felicidade é relativo, pois baseado na comparação. Se convivem em um ambiente cheio de pessoas insatisfeitas, sentem-se afortunados. Contudo, caso a vida mude e os levem, por exemplo, para um novo emprego em que seus colegas são bem casados e resolvidos, aquelas mesmas pessoas que se sentiam felizes passam a se sentir terrivelmente injustiçadas pelo destino. Sentem-se merecedoras da mesma felicidade e passam a atribuir seu infortúnio ao azar ou, pior, à perseguição e maldade alheia.

Quando se sentem nessa posição de inferioridade, tentam se igualar aos mais afortunados. Como fazem isso? Já que não podem mudar sua sorte, agem no que está a seu alcance. O que fazem é puxar a pessoa que voa de alegria para baixo, para uma posição inferior, ou seja, para junto delas.

Às vezes, os instrumentos para tanto são a maledicência e a fofoca. Denegrir é um meio fácil de nivelar as situações da vida. Ao tornar o "concorrente" menos feliz, a sensação de comparação é saciada.

Contudo, pior é quando estão em uma situação de inveja que cega, pois agem diretamente na desconstrução das coisas, como Marcos fizera. Ele, em simples palavras, destruiu a vida do irmão.

No fundo, pensou apenas em si. Ele ama Ricardo de coração, mas se ama ainda mais. O narcisismo de Marcos o impedia de viver uma vida devotada apenas à família. Porém, esse narcisismo acabou também por vitimar o irmão simplesmente porque vivia mais feliz.

Desculpas

A situação acabara ali. Ricardo, sem dizer uma palavra, saiu de casa, pegou o carro e dirigiu por aí. Ninguém sabe para onde foi. Não atendia ao celular e nem ao telefone na empresa.

Voltou apenas tarde da noite, mas a tempo de ver as crianças antes de irem dormir. Como lhe era habitual, levou as crianças para cama, porém o fez ignorando a esposa.

As crianças estavam assustadas porque viram a mãe chorar a tarde inteira. Também estranharam o fato de o tio ter feito as malas e saído de lá, despedindo-se dizendo que voltaria ao Brasil. Ricardo as acompanhou até o quarto fazendo graça para quebrar a tensão dos filhos que, no final, se convenceram que nada de errado acontecera.

Até então, Ricardo não havia dito qualquer palavra à Bia. Nem um olhar lhe fora dirigido. Ela já sentia o desprezo e, enquanto o marido não descia, chorou livremente na cozinha.

Seu dia havia sido horrível. Não havia comido, mas a dor de cabeça que sentia era porque havia chorado o dia inteiro. Porém, o pior ainda estava por vir. Sabia que não seria perdoada.

Quando ouviu os passos do marido descendo a escada, sentiu um revirar no estômago de medo e ansiedade.

Ele entrou pela cozinha, pegou uma cerveja na geladeira e foi até o quintal. Deitou-se na espreguiçadeira e não disse uma palavra. Ele ainda agia como se Bia não estivesse em casa.

Ela não podia deixar as coisas daquele jeito e, cautelosamente, sentou-se na cadeira ao lado. Estava imóvel. Não sabia o que dizer. Nada poderia ser dito. Mentiras não adiantariam. Pedidos de desculpas tampouco. Apenas uma amnésia de Ricardo seria solução sem que deixasse cicatrizes.

Bia conseguiu evitar as palavras, mas não as lágrimas, que agora corriam pelo seu rosto. Era um choro autêntico e sentido no coração. Era aquele choro pelo irremediável, como aqueles que seguem a notícia da morte de alguém. Sim, algo havia morrido ali e não poderia ser ressuscitado.

Foi Ricardo que quebrou o silêncio:

— Onde Marcos está?

— Saiu antes de anoitecer. Não conseguiu passagem para hoje de noite, mas disse que dormiria naquele hotel próximo ao aeroporto.

Silêncio.

— Amor, eu sinto muito pelo que aconteceu.

— É mentira. Você sente por eu ter descoberto. Se eu não tivesse aparecido aqui pela manhã, certamente vocês sentariam na mesa de jantar e fingiriam que nada estava acontecendo. Estou me sentindo um idiota. Como não vi que vocês estavam tendo um caso?

— Não! Juro que ainda não tinha acontecido nada! Juro por Deus que era a primeira vez!

— Bia, como posso acreditar em qualquer coisa que você vá me dizer?

— Olha para mim. Olha no meu olho. Eu te amo. Confia em mim. Foi um deslize que aconteceu só hoje.

— Esse é o problema, Bia. Não conseguirei mais confiar em você. Sempre lembrarei que fui enganado e sempre desconfiarei haver mais nesse lance de vocês dois. Comecei a pensar se o romance de vocês não começou quando estávamos ainda em São Paulo.

— Isso é um absurdo, Ricky!

— Jura que você quer falar de absurdo comigo? Doze horas atrás flagrei minha esposa com meu irmão e você quer vir dizer que o que estou dizendo é absurdo? Bia, até entendo que nossa vida te cansa. Que você quer algo mais, mas com meu irmão? Sei que você é fraca, mas isso foi muito baixo.

Bia começou a chorar mais forte.

— Não chore desse jeito. Você vai acordar as crianças e elas ficarão assustadas. Elas continuam sendo as coisas mais importantes das nossas vidas, certo? Então temos que pensar nelas. Já estão em um país diferente e precisaram se adaptar. Uma nova mudança como esta pode traumatizá-las.

Bia sentiu um sopro de esperança no coração. Ainda que fosse pelas crianças, Bia imaginou que Ricardo a perdoaria.

— Ricardo, olha para mim. Eu te amo tanto e eu sinto muitíssimo pelo que aconteceu. Juro que vou me esforçar para fazer você muito feliz. Você merece tudo que a vida pode dar. Você é um homem muito bom.

— Bia, escute. Você é a mãe dos meus filhos. Sempre vou te amar. Minha adolescência e juventude foram divididas com você. Não tenho lembranças sem que você não esteja nelas.

Bia sorria aliviada e agradecida pela compreensão e maturidade do marido.

— Mas tenho que ser franco. Enquanto marido e mulher nossas relações nunca mais serão as mesmas. Talvez nem venham a existir mais.

As feições de Bia mudaram rapidamente com a última frase. Ela não pôde segurar a expressão de desapontamento e se pôs a chorar novamente.

— O que vocês fizeram acabou matando a base do nosso relacionamento, que era a confiança. Se existiam duas pessoas que eu pensava que nunca poderiam me machucar, essas pessoas eram você e Marcos. De repente, essas mesmas pessoas me machucam juntas. Desculpe, queria ser maduro o suficiente para conseguir te perdoar. Talvez eu até te perdoe, mas não vejo chances de que a gente continue juntos. A imagem de vocês dois nunca sairá da minha memória.

— Amor, por favor, não faça isso. Eu te peço de coração. Eu te amo! Foi um deslize. Não jogue fora tantos anos por causa de alguns minutos de erro meu.

— Bia, quem sabe quantos desses minutos seriam? Flagrei vocês. Se eu não tivesse interrompido, duvido que o caso de vocês acabasse ali. Não me parecia que você não estava gostando. Pensei muito sobre o assunto. O seu arrependimento e remorso surgiram por ter sido pega, não porque pensasse que o que estava fazendo estava errado.

Bia não sabia o que dizer.

— Se a situação fosse diferente e você tivesse vindo até mim para confessar que errou, talvez eu enxergasse um remorso real. O que você sente agora é a vergonha de ter sido pega e a lamentação por ter destruído um casamento que dava certo. Não venha me dizer estar sentindo remorso quando estava sem roupa debaixo do meu irmão.

— Ele estava me seduzindo e eu não aguentei. Desculpe, disse Bia, culpando o cunhado como última tentativa de reversão da situação.

— Amor, eu te seduzi a vida inteira. Você só se rendia quando estava mesmo com vontade. Desculpe, mas não acredito em você.

— Mas o que será de nós agora?

— Continuaremos a ser bons pais para os nossos filhos. Tinha visto uma casa nesta mesma rua para Marcos. Parece que, no final, ela vai ser ocupada por outro Ricci.

— Não, Rick, por favor não. Essa casa sem você aqui é muito estranha.

— Estarei aqui para ajudar no cuidado com as crianças e também para o que você precisar. Estarei a apenas alguns metros de distância.

— Mas você não estará mais do meu lado na cama de noite.

— Não, Bia, não estarei mais. Nunca mais.

O confronto

No outro dia pela manhã, o telefone do quarto do hotel tocou. Quando Marcos atendeu, ouviu Ricardo sendo anunciado. Marcos autorizou a subida, mas chegou a pensar que não fosse uma boa ideia. Quão bravo seu irmão estaria? Tentaria alguma loucura? Uma vingança violenta? Ele não sabia o que esperar.

Ao contrário das suas expectativas, Ricardo estava com o espírito surpreendentemente plácido.

Marcos abriu a porta e não teve coragem de olhá-lo nos olhos. Ricardo se encostou na mesa em que o irmão tinha tomado o café da manhã. Este sentou-se na cama. Olhares no chão. Ainda nenhuma palavra. Foi Ricardo que rompeu o silêncio:

— Não quero desculpas de sua parte. Sei que deve estar arrependido e que você não queria me machucar, mas o que está feito está feito.

— Ricky, foi uma falha. Foi uma fraqueza de nossa parte.

— Sim, eu sei disso. Ninguém está imune às fraquezas, mas não podemos fingir que não existe dor e mágoa. Já teria sido insuportável se fosse outro cara. Sendo você a sensação quase me mata.

— Desculpe, mano. Nunca deveria ter vindo para cá.

— A Bia jura que vocês não tinham um caso antes. Se isso for verdade, acredito que você veio de São Paulo fugindo de algo. Não sei bem, mas a sensação era de que você não queria voltar para lá, tanto que eu estava até vendo uma casa para você alugar e ficar por aqui.

— Juro que eu também pensei em ficar por aqui.

— Marcos, se minha vontade ainda importa para você, eu não quero mais que você fique. Pode ser que essa sensação passe, mas não quero você perto dos meus filhos ou de mim.

— Ricky, nós somos uma família... Isso, isso vai passar, disse Marcos gaguejando.

— Pode ser que passe, mas eu não posso falar do futuro. Só sei que agora eu não quero você perto de mim.

As palavras bateram forte. Marcos não sabia o que dizer. Tinha vontade de chorar, mas não o fez. Limitou-se a olhar para o chão e ficar em silêncio.

— Por que você fez isso?

— Já disse. Fui fraco. Não pensei.

— Eu não acredito nisso. Não foi pela Bia. Cara, você está na Austrália! Já viu tantas mulheres bonitas assim em um único lugar? Já parou para pensar que talvez queira uma vida como a minha?

Marcos foi golpeado justamente no ponto que nutria ciúme do irmão. Começava a sentir seu sangue ferver. Por isso, sua resposta foi ríspida.

— Você está falando merda. Adoro minha vida. Não aguentaria uma vida como a sua, com uma mulher que fica me dando ordens o dia inteiro.

— Você não lembra como era lá em casa? A mãe não deixava o pai em paz. Não percebe que, às vezes, ele inventava umas desculpas para ficar fora de casa? Porra, casamento é isso! Acredita que isso não acontece com as mulheres também? Mano, ninguém é tão interessante a ponto de ser atraente 24 horas por dia durante anos e anos. As ordens que você identificou são, sim, cobranças, mas também são uma vida de adulto. Sou o mais novo, mas é você que vive como um moleque, se escondendo da vida.

— Vai se foder!

— Esse é o seu problema e digo sem tentar te machucar. Quero te falar umas verdades porque sinto que ficarei um bom tempo sem trocar uma palavra com você. Sinto raiva agora. Mas sei que essa raiva diminuirá e espero que o que eu tenha para te falar me ajude a sentir menos culpa no futuro.

— Ricky, sem sermão...

— Cala a boca e me escuta. Hoje sou o irmão mais velho porque tá na cara que tenho mais juízo que você.

Marcos não se sentia em posição de fazer prevalecer sua vontade e, então, ele escutou, embora com pouca disposição.

— Mano, algo se perdeu em você quando a mamãe morreu. Não sei o que aconteceu, mas você ficou mais frio e com menos esperança na vida.

— Foi difícil, mas foi para todo mundo. Principalmente, para nosso pai.

— Acredito que foi isso, Marcos. A depressão de papai te deixou assustado. De lá para cá, você foi se isolando.

Marcos se manteve em silêncio e, então, o irmão continuou.

— Cara, preciso te dizer um negócio. Você está destruindo sua vida e eu me preocupo contigo. Eu era a única pessoa do mundo que se importava com você e olha o que você fez comigo! Mano, você não está construindo nada. Você não tem família ou alguém que se importe com você. Se você morrer, Marcos, quem chorará sua ausência? O que você deixará para esse mundo?

Marcos perdeu a paciência com os ataques:

— Cara, eu abri a porta para você porque supus que você queria um pedido de desculpas. Eu estava disposto a pedir perdão. Mas não, você veio aqui para criticar meu modo de vida. Estou de saco cheio de as pessoas tentarem me mudar ou me criticarem por ser quem eu sou. Sou diferente de vocês. Eu não sou como o papai. Vocês são frouxos. Deixaram que uma mulher dominasse suas vidas. Olha o que ela fez com você. A puta da sua esposa não via a hora de tirar a roupa para mim! Como foi fácil...

Ricardo não aguentou. Levantou de onde estava, atravessou o quarto e interrompeu o discurso com um soco no nariz de Marcos. Este não pôde prever o golpe. Não de Ricardo. Estava totalmente desprevenido. O golpe o fez rolar na cama e cair ao lado desta. Ele não conseguiria reagir. Ele tentou se levantar, mas estava tão atordoado que caiu novamente.

Apenas na terceira tentativa é que conseguiu se equilibrar em pé. Enquanto sentia uma gota de sangue escorrer pelo nariz, gritou:

— Seu filho da puta! Sai agora daqui. Estava querendo te pedir desculpas. Fui fraco e estava errado. Mas, de certa forma, fiz um favor para você. Eu nem te conheço mais, Ricky. Você ficou um barrigudo preguiçoso. Sua mulher te explora e você está sempre com esse rabo no meio das pernas. Você tem medo dela e destruiu sua vida. Você é um escravo e nem percebeu isso. Você trabalha para sustentar os outros. Não compra mais nada para você. Nunca faz prevalecer sua vontade. Sua vida é dedicada para atender somente aos outros. Você é um escravo de merda. A Bia cortou seu saco. Você não é mais homem. Não é mais o irmão que eu tive. Vai embora daqui.

— Vou, cara, mas escute o que estou te falando: você morrerá sozinho. Você tem medo de gostar dos outros. É mesmo um fraco. Tem medo da vida e do que ela pode te fazer. Você disse que a Bia me castrou? Cara, eu tenho mais colhões que você. Tenho coragem para viver a vida. Você é apenas um menino medroso se escondendo literalmente na casa da mamãe.

— Sai, seu filho da puta. Sai! Esquece que eu existo. Sai. Vai embora.

Ricardo saiu mesmo do quarto. Marcos sentia uma dor insuportável no nariz, provavelmente quebrado. Contudo, doía-lhe mais ter perdido a vitória de antes.

Marcos agora se sentia um derrotado. Já não se sentia melhor que o irmão. Essa dor era incrivelmente maior.

Fugindo novamente

Leitor, minha narrativa acaba aqui, juntamente à nova fuga de Marcos, que está, nesse momento, sentado no avião voltando para São Paulo.

Todavia, a trajetória dos personagens continua. Cabe a você traçar o que acontecerá com cada um deles. É também responsabilidade de quem lê usar de sua imaginação para traçar os enredos e ilustrar os cenários descritos. Deixo aqui para vocês a missão de pensar no que será de cada um dos envolvidos nessa trama. É você quem está agora digitando o restante do romance.

Contudo, vou te ajudar na tarefa. Para isso, terei que fazer alguns comentários distantes e trazer detalhes que talvez você não tenha captado.

Ricardo e Marcos são personagens antagônicos. Representam a construção e a desconstrução da vida, respectivamente.

Ricardo tem coração aberto e busca edificar uma existência pautada na confiança e na alegria alheia. Marcos, de seu lado, por problemas internos, volta-se mais para seus sentimentos e destrói tudo que pode lhe causar sofrimento pela perda. É como se ele mesmo provocasse a demolição de um edifício que vinha construindo simplesmente porque passou a temer que ficasse alto demais.

Quando Dona Albertina, sua mãe, morreu de câncer, Marcos ficou assustado com a importância que ela tinha na felicidade de seu pai. Este definhou em poucos meses depois da morte da esposa. Entregou-se a uma depressão escura e difícil de lidar. Passou a tomar remédios e não tinha mais ânimo pela vida. Não saía mais, não se arrumava e mal tomava banho. O resto de sua vida se resumiu a assistir televisão e comer para sobreviver. Apesar da insistência dos filhos, ele mal se levantava do sofá. Restaurantes, parques e shoppings não lhe atraíam. Mantinha-se apenas em casa, lamentando o tesouro que a vida havia lhe tirado.

Poucos meses após a morte de Dona Albertina, o pai de Marcos e Ricardo faleceu devido a um ataque cardíaco. Foi encontrado morto sentado na cadeira da sala. Estava sozinho na hora do enfarte, mas foi Marcos quem o viu depois do ocorrido. Foi uma cena deprimente. Estava vestindo roupas velhas, sem qualquer esmero com a aparência. Era uma pessoa entregue e sem vontade de viver. Portanto, a morte pode ter sido um prêmio para este homem, mas também pode ter sido uma justiça divina, pois foi tirada a vida de quem não vinha fazendo por merecê-la.

Para Marcos, a morte do pai pareceu injusta. Ele era um grande homem e merecia uma morte mais digna. Sua partida deveria despertar saudade, não piedade. No entanto, foi o que todos sentiram. De certa forma, para aqueles mais crédulos, sua morte foi bem-vinda, pois acreditavam que agora ele poderia voltar a ser feliz, pois encontraria no além-vida a esposa que tanto amava.

De qualquer forma, a morte do pai criou uma tatuagem escura na alma de Marcos. Não podia ele entender como um homem tão inteligente se entregara daquela maneira unicamente porque a esposa havia morrido. Isso, para Marcos, não era felicidade, mas sim dependência. A felicidade de uma pessoa não pode residir exclusivamente na presença de outra.

No fundo de seu peito, Marcos temia morrer como o pai. Ele o admirava demais e não conseguia se conformar com essa supressão da genialidade do pai nos momentos finais de sua vida. Tivesse ele sobrevivência autônoma, continuaria produzindo mesmo após a partida da esposa. Mas não. Parecia que, com a morte de Dona Albertina, também sua alma partiu. Ficou um homem oco e sem vida.

Sobreviveu à morte da esposa por alguns meses, mas a verdade é que já estava morto antes mesmo de fechar os olhos.

Marcos buscava a felicidade sim, mesmo porque todos os seres humanos fazem isso. O problema é que quando esta era identificada na convivência com outras pessoas, ele inconscientemente tinha um sentimento de autopreservação e destruía suas oportunidades antes que os sentimentos ficassem fortes demais.

Foi assim com Ananda e diversas outras mulheres pretéritas. Culpava-as pela trivialidade da personalidade. No entanto, podia-se ver que Marcos se embebia do jeito delas e começava a sentir conforto nas suas presenças. Porém, o medo batia mais forte nesse momento e ele se punha a destruir o que vinha edificando.

Foi assim também com o irmão e sua família. Marcos estava legitimamente feliz na Austrália. Em certo momento, começou a temer a saudade que sentiria deles quando voltasse para São Paulo. Passou até a cogitar morar lá, mas se desvencilhava da ideia porque, logicamente, queria aquilo apenas para desfrutar da presença da família. Sua felicidade não podia estar ancorada nessas pessoas, pois estas poderiam sumir da vida de Marcos, deixando-o naquele estado deplorável de seu pai. A destruição daquele germe de felicidade se deu em uma mistura de sentimentos, que ganharam também temperos de ciúme do irmão e sentimentos de desmerecimento próprio, que o moveram a tomar a vida de Ricardo para si.

Como dito, Marcos seguia para São Paulo. Cabe a você leitor definir o que acontecerá com ele por lá. Você poderá perdoá-lo e imaginar que mudou. Que enfim ele descobriu que a felicidade legítima só existe quando se faz bem aos outros.

Se é essa a sua vontade, imagine-o conhecendo uma bela mulher e que, desta vez, ele não cedeu aos seus medos internos. Assim, constituiria uma família e poderia seguir vida semelhante a do irmão.

Contudo, adianto que isso não é o provável. Pessoas autossabotadoras não se emendam assim tão rápido. Pode-se, inclusive, apostar que passará ele a vida inteira se aproximando de pessoas e, após, destruindo as pontes que os conectava.

Logicamente, com a idade os encontros passariam a rarear. Como muito terá sido destruído, pessoas como Marcos tendem a ficar sozinhas no final da vida. Adormecem no sono da eternidade sem nada ter construído. Morrem e, simplesmente, desaparecem. Em poucos meses são completamente esquecidas e não deixam na terra qualquer marca de sua existência.

Se é esse o cenário que você escolheu para Marcos, aposte que ele terá perturbado mais uma vez a vida de Ananda. Apesar da promessa que ela fez a si mesma de que seria mais forte e independente, não deixando que homens como Marcos se aproximassem dela, sabemos que pessoas como Ananda não mudam com apenas um ou dois tropeços.

Sim, leitor, ela já está em condições emocionais de começar um novo romance. Poderia conhecer alguém maduro e constituir uma família sólida. No entanto, se eu fosse você, apostaria que ela acabaria cedendo a uma nova investida de Marcos. Mesmo porque ela o amou de verdade e esse sentimento é sempre reavivado quando há um reencontro. Basta que Marcos tente contatá-la para uma breve conversa que ela estará totalmente entregue de novo.

Logicamente, poucos meses após Ananda se machucaria novamente. Atribuiria a si defeitos que não tem simplesmente porque Marcos a cortou de sua vida mais uma vez e sem explicações. Portanto, se eu ainda tivesse as rédeas da estória, não seria tão otimista quanto a uma nova relação entre os dois. Pelo bem da moça, torça para que Marcos não decida procurá-la, pois, do contrário, ela não poderia resistir.

E quanto à Bia? Você já pensou o que será dela? Não sei se é o caso, mas também me arrisco a lhe oferecer sugestões, mesmo que talvez não sejam as que mais te agradarão.

Logicamente, Ricardo poderá perdoar Bia. Ela ama o marido e prometerá do fundo do coração que situações como aquela jamais acontecerão. Mas vocês acham mesmo que ela poderá prometer isso? Bom, eu não acreditaria nela. Bastam mais alguns anos de convivência morna para que esta mulher se sinta de novo desmotivada com a relação. Bia ama seus filhos e seu marido, mas, como você sabe, ela é uma mulher pouco vivida. Tem avidez pelo que o mundo tem a lhe oferecer. Portanto, caso venha ela a trabalhar novamente, o que é provável, certamente se encantará com outras pessoas. Não digo que ela necessariamente se envolverá com outro homem. Talvez ela tenha aprendido a lição. Contudo, isso não impedirá que ela deseje secretamente outra vida. Embora continue a se dedicar de corpo e alma à família, em boa parte de seu tempo estaria fantasiando viver aventuras com pessoas diferentes.

Por fim, temos Ricardo. Acredito que você tenha bons planos para ele. Talvez até cogite que ele se mantenha separado de Bia e encontre outra pessoa que realmente o mereça. Sim, isso seria maravilhoso para um final feliz para esse homem compreensível e nada egoísta. Mas, aqui entre nós, acho difícil.

Eu apostaria minhas fichas no perdão à Bia. Mesmo porque ele a ama mais que tudo. Sua vida está toda edificada com ela. Tal como o pai precisava da esposa, Ricardo precisa de Bia. Sem ela, adoeceria. Ele não nasceu para ser um homem divorciado. Ele nasceu para ser um homem presente na vida dos filhos e da esposa. Nasceu para completar alguém, não para ter existência própria. Então, acredito que o provável é que ele continue a se relacionar com essa mulher dividida, que não sabe se fica com ele porque o ama ou porque simplesmente é um bom pai e marido. Eu, particularmente, não gostaria de estar em um relacionamento assim. Acredito que você também não. Desejaria isso para Ricardo?

Bom, leitor, você pode imaginar o que quiser. Dei, provisoriamente, finais infelizes para todos os personagens adultos. Fui imparcial com todos, sem escolher preferidos, que fossem premiados, ao final, com um "feliz para sempre". Cabe a você levá-los em sua imaginação à felicidade se assim quiser. São muitos os cenários possíveis e tenho curiosidade de conhecê-los. Pode até me escrever, se quiser, contando sua versão.

Porém, uma coisa é certa. A depender do momento da sua vida, seu final será diferente para cada um deles. Isto porque transitamos entre essas personagens no decorrer dos anos. Sim, se você é uma pessoa normal, terá momentos em que se identificará com cada uma das personagens. Logicamente, terá alguma que marcará mais tempo de sua vida e prevalecerá, mas digo que todos eles se manifestam, ainda que sutil e imperceptivelmente, na sua jornada.

Todos temos algo de destruidor. A destruição é necessária na vida. Seja em um casamento falido, seja em um emprego desagradável ou seja em outra infinidade de situações, por vezes damos um passo arriscado e destruímos tudo o que temos para que, dali, surja algo melhor e mais fortalecido. Recomeçamos do zero. Em outras palavras, limpamos o terreno para que, em seguida, tomemos caráter empreendedor para levantar outro edifício dos escombros.

O hinduísmo contrapõe Brahma e Shiva. O construtor e o destruidor, respectivamente. Ambos são imprescindíveis para o equilíbrio da vida. Se você leitor pensa que conseguirá passar a vida sendo apenas Ricardo ou apenas Marcos, certamente não encontrará paz de espírito. Sua jornada necessariamente passa por ambos.

Também carregamos um pouco de Ananda. Em algum momento damos mais atenção ao nosso exterior do que ao interior. Deixamos que nossa vaidade tome todas nossas energias e passamos a nos guiar apenas para satisfazer o juízo dos outros. Nessas horas estamos manipuláveis e suscetíveis a nos machucar, pois sobre as ideias alheias não temos nenhum controle.

Já em outros momentos, estaremos desempenhando nossas responsabilidades, mas com certa relutância. Assim, nos aproximaremos de Bia. Fantasiaremos aventuras infinitas, mas, na verdade, não temos coragem de vivê-las. Quando as oportunidades de mudança surgem por meio da "destruição" do seu modo de vida atual, acovardamo-nos e imploramos para que nossa vida anterior seja restaurada. Nesses momentos somos os eternos insatisfeitos. Desejamos mudanças, mas quando elas surgem tememos e culpamos os outros por nossas prisões aos hábitos e confortos.

Porém, se somos todos eles, pelo menos um aspecto de Ricardo devemos levar sempre em nosso coração: o do perdão. Os seres humanos são complexos e esses quatro personagens são apenas uma forma bem simplificada de os ilustrarmos. Estamos naturalmente descontentes e tentamos satisfazer nossa felicidade de diversas maneiras. Em alguns casos, como o de Marcos, é machucando os outros. Isso é terrível, com certeza, mas aprendam a perdoar. Independentemente do final que você deu a Marcos, Ricardo, Bia e Ananda, perdoe-os por suas falhas. Em outras palavras, perdoem-se a si mesmos pelas suas. No final das contas, todos erramos tentando acertar.

Don't miss out!

Visit the website below and you can sign up to receive emails whenever Tiago Zoia publishes a new book. There's no charge and no obligation.

https://books2read.com/r/B-A-SUSO-TNOPB

BOOKS2READ

Connecting independent readers to independent writers.

Also by Tiago Zoia

Essa é a vida que você quer ter? Uma vida de solidão por autossabotagem.
Pensamentos etéreos materializados em palavras no papel
A Intervenção

About the Author

Escritor nas horas vagas, funcionário público nas horas úteis e leitor em todas elas. De corpo presente em São Paulo, Brasil, mas com a alma em vários lugares. Formado em Direito, trabalha, atualmente, como Funcionário Público do Tribunal de Justiça do Estado de São Paulo. Escreve como segunda profissão.

Writer in the free time, public server in his work hours and reader in all of them. Present in São Paulo, Brazil, but with the soul in many places. Graduated in law, he currently works as a civil servant of the Court of Justice of the State of São Paulo. Write as a second profession.

www.ingramcontent.com/pod-product-compliance
Lightning Source LLC
Chambersburg PA
CBHW022143150726
47992CB00002B/740